HEYNE <

Das Buch

Im neuen Jahr wird alles anders, beschließt Gloria, und fasst genau an Sylvester die dafür notwendigen guten Vorsätze. Sie will erstens abnehmen, um – rank und schlank – zweitens ihrem Traummann zu begegnen, und drittens – schön und selbstbewusst – den Kolleginnen im Büro gegenüberzutreten, die ihr so häufig den Tag vermiesen. Weil Gloria es ernst meint, konsultiert sie Giangi Giannotti, den populärsten Diätberater der Stadt, dessen einhundertachtundzwanzig Kilo Eigengewicht für seinen durchschlagenden Erfolg stehen. Und weil sie ganz besonders die Liebe nicht dem Zufall überlassen will, lässt Gloria sich von Nadia, einer befreundeten Wahrsagerin, die Karten legen. Von ihrem Traumgewicht ist Gloria bald nicht mehr weit entfernt, doch der von Nadia angekündigte dunkelhaarige Adonis ist nirgends zu entdecken. Dann erscheint in der Werbeagentur ein neuer Kunde, der galante Giulio Righi, und Gloria meint der Vorhersehung in die Augen zu blicken. Obwohl Giulios Interesse an Gloria zunächst mehr professioneller Natur zu sein scheint. Welch ein Glück, dass Gloria in dem neuen Artdirector Giacomo einen so guten Freund gefunden hat, der ihr mit viel Humor hilft, so manche Talsohle zu durchschreiten.

Die Autorin

Die Mailänderin Alessandra Casella lebt und arbeitet in Italien als Schauspielerin, Fernsehmoderatorin und Journalistin. Glorias Tagebuch nahm seinen Anfang in einer wöchentlichen Kolumne der Zeitschrift »Cosmopolitan«. *Du musst nicht perfekt sein, du musst es nur glauben* gelangte sofort nach Erscheinen auf die vorderen Plätze der italienischen Bestsellerlisten.

ALESSANDRA CASELLA

Du musst nicht perfekt sein, du musst es nur glauben

Roman

Aus dem Italienischen
von Birgit Machold

WILHELM HEYNE VERLAG
MÜNCHEN

Titel der Originalausgabe
UN ANNO DI GLORIA

FSC
Mix
Produktgruppe aus vorbildlich bewirtschafteten Wäldern und anderen kontrollierten Herkünften

Zert.-Nr. SGS-COC-1940
www.fsc.org
© 1996 Forest Stewardship Council

Verlagsgruppe Random House FSC-DEU-0100
Das FSC-zertifizierte Papier *München Super* für Taschenbücher aus dem Heyne Verlag liefert Mochenwangen Papier.

Redaktion: Monika Köpfer

Taschenbuchausgabe 10/2005

Printed in Germany 2005
Umschlagillustration: Getty Images / McMillan
Umschlaggestaltung:
Hauptmann und Kompanie Werbeagentur,
München – Zürich
Druck und Bindung: GGP Media GmbH, Pößneck
www.heyne.de

ISBN: 3-453-72042-3

Für Allesandro,
meinen wunderbaren Lebensgefährten,
der mich so sein lässt, wie ich bin:
zwei Wesen in einem.

Januar

Lust auf Männer: In meinem Alter heißt das dumm sein, oder allein.

Samstag, 1. Januar

Geschafft! Das Jahr beginnt gut. Hässlich, dick und behaart, wie er war, entriss ich ihn Schlag Mitternacht seiner Frau und drückte ihm zwei Küsse auf die Wangen. »Ein gutes neues Jahr …«, sagte automatisch und verwirrt der Dicke. »Ein Gutes Neues Jahr«, zwitscherte ich zurück und entließ ihn in die Arme seiner Angetrauten.

Ein perfekter strategischer Zug: Der Erste, der mir in diesem Jahr Glück gewünscht hat, ist ein Mann! Das ist ein gutes Zeichen, sagt meine Tante Nora, ich werde den richtigen Mann finden. O GOTT … bedeutet das etwa auch, dass er hässlich und verheiratet ist?

Na ja, dieser Silvesterabend zählt nicht gerade zu denen, an die man sich später gerne erinnert. Anna und Fabrizio nahmen mich zu einem schrecklichen Fest bei Zahntechniker-Kollegen von Fabri mit, und der Clou des Abends war ein als Brasilianer verkleidetes Striptease-Duo aus Busto Arsizio. Die Männer und Frauen kreischten, als hätten sie noch nie zuvor einen menschlichen Körper gesehen. Während die Stripperin die Unnahbare mimte und niemanden eines Blickes würdigte, scharwenzelte der brasilianische Stripper Bustocco mit seinem langen öligen Haar um die Frauen herum und ließ dabei seine Pobacken samt gut besuchter Pickelvereinsversammlung hin und her schlenkern. Anna versuchte mich in Richtung des Ölig-Pickeligen zu schieben, und sie schien sich dabei köstlich zu amüsieren. Nun, es stimmt schon, dass ich keinen Mann mehr am Horizont erblickte, seit ich mit Paolo Schluss gemacht habe, aber so verzweifelt bin ich nun auch wieder nicht, dass ich angesichts eines Vorstadtbrasilianers aus der Lombardei ein Geheul anstimmen würde. Denkt meine beste Freundin so von mir? Gut, dann wird sich von jetzt ab einiges ändern: neues Jahr, neues Leben. Vielleicht habe ich mich in letzter Zeit zu sehr gehen lassen … Tu was für dich, Gloria! Sofort. Nein, Wachsstreifen nicht, dabei reiße ich mir nur das Fleisch von den Beinen, von der Bikinizone ganz zu schweigen (aber wer sieht die schon …). Allein ins Kino – kommt nicht in Frage, da sitzt man dann mit einer Schar verklemmter Grapscher in einem dunklen Saal. Einkaufen – nein, bis zum Ausverkauf habe ich keine müde Lira übrig, außerdem bin ich zu dick, und es ist zu deprimierend. Ich hab's! Ich mache eine Diät und schreibe dieses Tagebuch! Beim Wort ›Diät‹ bewegt sich mein Körper wie ein Alien in die Küche und schnappt sich das Weihnachtsglas Nutella. Okay, ich schreibe also ein Tagebuch.

Sonntag, 2. Januar

Mittagessen bei Tante Nora, Cotechino mit Linsen, das obligatorische Neujahrsessen. »Wie lange hast du denn schon nichts mehr zu essen bekommen?«, fragt sie, und mustert mich eindringlich. »Morgen beginne ich mit meiner Diät, Tante. Also, lass mich das letzte vernünftige Mittagessen genießen …« Sie antwortet mir nicht einmal, sie weiß ja, dass meine Diäten immer morgen beginnen. Und ich ersticke meinen Frust mit einer Jumbo-Packung Torrone.

Montag, 3. Januar

Sieh an, Mamma erinnert sich daran, eine Tochter zu haben. Seit sie genau elf Monate nach dem Tod von Papa einen Australier geheiratet hat, einen Steuerberater mit dem Aussehen und dem Gehirn eines Krokodiljägers, meldet sie sich nur dann, wenn niemand in der Nähe ist, der auch nur vermuten könnte, dass sie eine über dreißigjährige Tochter hat. Zum Beispiel jetzt. Das Telefon läutet durchdringend. Um sechs Uhr früh. »Ciao Baby! Frohes neues Jahr! Ich bin's, Sissy!« Eigentlich heißt sie Assunta, doch das klingt so gar nicht nach Prinzessin, weshalb sie seit jeher für alle Sissy mit Ypsilon ist, auch für mich. »Ciao Mamma. Weißt du, wie spät es ist?« »Natürlich, es ist …« »Nicht bei euch, Mamma, hier. Es ist sechs Uhr morgens, Mamma …« »Tatsächlich?«, sagt sie mit ihrer Doris-Day-Stimme. »Holy shit! Da habe ich mich doch wieder mal in der Zeitzone geirrt.« Du hast dich nicht nur ge-irrt, du bist ver-wirrt, möchte ich ihr sagen, doch sie lässt mich nicht zu Wort kommen, vor allem jetzt, wo sie ihren Monolog mit englischen Wörtern spickt. »Wie geht's dir, Darling? Mir geht es ausgezeichnet, stell dir vor, ich habe den dritten Platz im Bridge-Turnier gemacht!« Es muss was ganz Besonderes in der australischen Luft liegen: Als ich klein war, stellte sie sich so ungeschickt beim Kartenspielen an, dass ich manchmal zu meinen Ungunsten spielte, um sie gewinnen zu lassen … »Und du, Gloria«, sie spricht meinen Namen mit geschlossenem O und amerikanischem R aus. »Hast du immer noch deinen Job, in dem du niemals weiterkommen wirst?« »Yes«, murmle ich, doch sie hört mich nicht. »Und wie geht es Paolo?« »Mamma, ich bin seit zwei Jahren nicht mehr mit Paolo …« Ich gebe dir Kevin«, brüllt sie ins Telefon. Nein, bitte nicht den Steuerberater, den Möchtegern Paul Hogan! Beim Thema Steuern und australischer Busch ist meine Konversation alles andere als brillant: Mein Mund füllt sich mit Speichel, ich spucke einzelne Wortfetzen aus und knalle schließlich den Hörer auf die Gabel. Tja, es ist eben so eine Sache mit den internationalen Verbindungen … Ich ziehe den Telefonstecker raus, doch an Schlaf ist nicht mehr zu denken. Ein Gutes Neues Jahr, Mamma.

Dienstag, 4. Januar

Noch fünf Tage Ferien; die Agentur ist dieses Jahr über Dreikönig geschlossen. In der Stadt zu bleiben ist öde. Ich hänge mich ans Telefon. Anna ist mit ihrem Sohn in die Berge gefahren: Seit seiner Geburt ist es vorbei mit gemeinsamen Ferien. Ich versuche es bei Daniela – besetzt. Bei Dario meldet sich der Anrufbeantworter. Ich wähle also seine Handynummer, und es klingelt. »Ciao, Göttlicher, ein gutes neues Jahr. Wie, wer ich bin? Ich bin deine verpasste Gelegenheit, die magische Welt des weiblichen Geschlechts zu entdecken! Welche Streisand, Idiot. Ich bin's, Gloria. Wo bist du denn? Wie, ›in Marokko‹? Du hättest mir sagen können, dass du wegfährst, vielleicht wäre ich mitgekommen … Ah, ein neuer Freund … Und Mario? Okay, amüsier dich, ciao.« Deswegen erwische ich nie auch nur den Schatten eines Mannes, er schnappt sie sich alle. Ich probiere es noch einmal bei Daniela: besetzt. Nun, auf jeden Fall ist sie in der Stadt.

Mittwoch, 5. Januar

Vier Tage bis Arbeitsbeginn, und ich finde einfach niemanden, mit dem ich wegfahren könnte. Cinzia ist in den Bergen

– sie hätte ein Gästezimmer, doch das hat sie ihren zukünftigen Schwiegereltern gegeben. Nun opfert sie ihre Ferien, um zu zeigen, was für eine perfekte Ehefrau sie sein wird: Sie kocht, wäscht und räumt den ganzen Tag lang auf, während ihre zukünftigen Schwiegereltern und ihr Verlobter Ski laufen. Die Schönheitskönigin von Courmayeur hat sich in die zukünftige Frau von Meister Propper verwandelt … Ich probiere es noch einmal bei Daniela. Besetzt. Vielleicht ist ihr Telefon kaputt.

Ich kann es nicht glauben: Danielas Telefon klingelt!! »Pronto« ertönt es mit Grabesstimme, mit dem offenen kalabresischen O Danielas. »Bist du es, Dani oder dein heiserer Bruder?« Die Antwort ist ein Röcheln. »Bietest du neuerdings Telefon-Sex? Seit zwei Tagen ist dauernd besetzt bei dir!« »Ich weiß«, sagt sie. Stille. Okay, ich mache es mir auf dem Sofa bequem: »Was ist passiert?« Am anderen Ende der Leitung löst sich eine Lawine von Seufzern, Schluchzern und Jammern …: »V … Vanni und s … seine Frau …« Es folgt ein Sturzbach an Tränen. Der Infame hat wieder einmal beschlossen, die Ferien mit seiner Frau zu verbringen, nachdem er geschworen hatte, sie in die Berge zu schicken und währenddessen die Scheidung vorzubereiten. Daniela ist am Boden zerstört. Ich werde wohl den Abend damit verbringen, ihr Taschentücher durchs Telefon zu reichen.

Freitag, 7. Januar

Ich habe Daniela ins Auto gepackt. Hier ist Handeln angesagt. Von der heulenden Dani kam keinerlei Gegenwehr, und in anderthalb Stunden waren wir am Comer See. Die Hälfte der Hotels war wegen Ferien geschlossen. Wenn die

Hoteliers während der Ferien ihre Häuser schließen, wo zum Teufel sollen wir in den Ferien hin!? Schlussendlich fand ich die wunderbare Ein-Sterne-Pension Lariana und fragte nach einem Doppelzimmer. Der widerliche Portier sah erst mich an, dann das vom Weinen verquollene Gesicht Danielas. Dann fragte er mich mit boshaftem Grinsen: »Weint sie Ihretwegen?« Mit verächtlicher Miene nahm ich den Schlüssel entgegen, den Quasimodo mir mit wissendem Blick und der Aufforderung: »Trösten Sie sie gut!« reichte. Als ich die Türe öffnete, sah ich, dass er uns ein Zimmer mit Ehebett gegeben hatte. Bei diesem Anblick brach Dani in Tränen aus. Was habe ich nur falsch gemacht?

Sonntag, 9. Januar

Eines ist sicher: Im Winter ist der See einer der ödesten und deprimierendsten Orte, die es gibt. Was für eine blöde Idee, hierher zu fahren. Daniela steht kurz vor dem Selbstmord. Seit zwei Tagen erzählt sie mir vom Niederträchtigen, und je mehr sie erzählt, desto mehr kommt mir das Ganze wie die Rubrik ›Tante Lisas Kummerecke‹ in einer Wochenzeitschrift vor. Warum nur lassen wir Frauen uns so leicht einwickeln? Ich gebe ihr den Rat, den Niederträchtigen mit einem Tiefkühlmesser zu entmannen. »Armer Vanni«, wimmert Dani, »es ist ja nicht seine Schuld.«

Verbittert machte ich mich am Samstag zu einem Spaziergang in einen wahrhaft strahlenden Tag auf: Der Nebel war so dicht, dass man nicht einmal die Hand vor den Augen sah. Kein einziges Geschäft war offen, und so landete ich schließlich in einer schmutzig gelben Bar bei heißer Schokolade und vier Hinterwäldlern, die lautstark Karten spielten. Manche Ferien sind wirklich gut fürs Herz.

Heute endlich hat Daniela beschlossen: Der Niederträchtige verdient ihre Tränen nicht. Sobald sie wieder zu Hause ist, macht sie Schluss mit ihm. Schon beim Gedanken daran bricht sie erneut in heftiges Weinen aus. Jetzt reicht es. Ich packe unsere Koffer und schiebe Dani in die Hotelhalle. Während ich zahle, fragt mich der Hotelportier: »Habt ihr es eigentlich schon mal mit Männern versucht?« Ich bin nicht gewalttätig, ich hatte auch keinen kleinen Bruder, den ich hauen konnte, doch der Fausthieb, den ich ihm in die Magengrube verpasse, der kommt mir aus tiefstem Herzen. Während Quasimodo sich über dem Tresen zusammenkrümmt, sage ich ihm: »Ich bin Rechtsanwältin, und mein Vater ist Steuerinspektor. Versuch nur, mich anzuzeigen, du Arschloch!« Alles gelogen, doch ich fühle mich besser. Beinahe gelassen sehe ich den sieben Stunden Stau entgegen, die uns auf der Rückfahrt in die Stadt erwarten, da ganz Italien sich entschlossen hat, genau jetzt zurückzufahren. Wer weiß, warum, doch die Arbeit erscheint mir nun wie eine Insel des Glücks.

Montag, 10. Januar

In der Agentur sind alle erholt, alle sind braun gebrannt (wo haben sie eigentlich ihre Ferien verbracht? In einem anderen Italien, von dem ich nichts weiß?), alle sind schlank – außer Luana, die 110 Kilo wiegt, einen Mann und drei Kinder hat, und damit außer Konkurrenz ist. Olivia schwebt auf einer Wolke ihres sündhaft teuren Parfüms herein und redet von den Malediven, als sei jeder schon mal dort gewesen. Nur dass sie eine von den superbezahlten Kreativen ist und ich eine gewöhnliche Sekretärin: Eine Reise auf die Malediven kann ich mir erst leisten, wenn ich im Lotto gewinne. Im

Vorbeigehen gönnt die Göttliche mir einen Blick, um mir zu sagen: »Du bist dicker geworden, nicht?« Aus meinen Ohren beginnt es zu rauchen. »Denk nur, ich habe gegessen wie ein Scheunendrescher und habe nicht mal hundert Gramm zugenommen! Das beunruhigt mich ein bisschen, weißt du«, trillert sie und bewegt ihre getigerten Schenkel in Richtung ihres Megabüros. Warum komme ich mir vor wie Charlie Brown? Was weiß sie denn von dem Stoffwechsel, den das Karma mir als Buße für die Sünden meiner früherer Leben aufgebürdet hat? Was weiß sie von einem Körper, der einen Nichtangriffspakt mit der Zellulitis abgeschlossen hat?

Tief betrübt gehe ich in die Bar und ersticke meinen Frust mit einer doppelten Portion Pizza. Wenn Gott im Himmel die Qualen der Menschheit lindern wollte, dann müsste er erst mal die Dünnen abschaffen!

Mittwoch, 12. Januar

Zwanzig Uhr, und ich habe keine Lust, den Abend zu Hause zu verbringen. Ich rufe Daniela an und schlage ihr einen Film vor. »Äh ...« ist ihre Antwort. »Was soll das heißen, äh?« »Dass ich heute Abend nicht kann.« Ihr verlegener Tonfall kommt einer Beichte gleich. »NEIN!«, brülle ich in den Hörer. »Du bist wieder bei deinem Niederträchtigen!« Daniela, nun ganz leise:« Schrei nicht so, ich höre dich schon!« Der Niederträchtige scheint neben ihr zu sein. Ich brülle ein Dezibel lauter: » SAG DIESEM HURENSOHN, DASS ER, WENN ICH IHN SEHE ...« »Danke, Gloria, wir hören uns morgen«, zwitschert sie und beendet das Gespräch. Ich setze mich mit dem Nutellaglas vor den Fernseher und fühle mich unendlich schlecht. Lust auf Männer: In meinem Alter heißt das dumm sein, oder allein.

Donnerstag, 13. Januar

Heute gehe ich früher nach Hause, und ich schwöre, dass niemand mich aufhalten wird mit irgendwelchen Briefen, die noch zu tippen sind, oder Telefonaten, die noch dringend gemacht werden müssen. Schluss mit der Ausbeuterei, nur weil ich die Einzige bin, die weder einen Freund noch Familie hat. Während ich meine Tasche schließe, kommt Olivia mit einer Aktenmappe. »Bis morgen!«, sage ich keck. »Ach, Gloria, dieses Angebot muss heute noch getippt werden.« »Ich muss leider weg«, sage ich ihr so entschieden wie möglich. »Geh nur«, seufzt die Hyäne. »Es ist für den Großen Chef, ich sage ihm, dass du punkt sechs Uhr gegangen bist.« Damit knallt sie die Mappe auf meinen Schreibtisch. Ich setze mich hin und öffne die Mappe. »Braves Mädchen«, sagt Olivia, nimmt ihren Mantel und geht auf die Türe zu. »Ich habe eine Verabredung zum Abendessen, wir sehen uns morgen.« Ich hasse sie.

Freitag, 14. Januar

In der Arbeit sprechen alle vom Wochenende, ich tippe wie wild auf der Schreibmaschine. Alle tauschen Einladungen und Ratschläge für Samstag und Sonntag aus, allein vor mir liegt das TV-Magazin mit dem Fernsehprogramm fürs Wochenende. Alle werden von ihren Freunden angerufen, nur ich rufe meine Tante Nora an und bin mit dem Anrufbeantworter verbunden. Irgendwas läuft verkehrt in meinem Leben, ich muss es radikal ändern, das ist klar. Doch wie? Es muss einen Weg geben. Die Eingebung trifft mich wie ein Sonnenstrahl: eine Wahrsagerin. Morgen gehe ich zur Kartenlegerin, das schwöre ich. Schon fühle ich mich stärker.

Samstag, 15. Januar

Nadia ist ausgebucht, doch nachdem ich ihr gedroht habe, mich mit dem Super-Angebot ›Nimm 12 – zahl 1‹ für Torrone-Stangen mit abgelaufenem Haltbarkeitsdatum umzubringen, bekomme ich sofort einen Termin. Sie lässt mich meine übereinander geschlagenen Beine wieder auseinander nehmen und mit der linken Hand die Karten in zwei Stöße teilen, dabei fragt sie mich: »Was interessiert dich?« »Die Liebe«, würde ich gerne sagen, doch ich schäme mich ein wenig und murmle: »Die Arbeit.« »Mhm, sie nützen dich aus, mein Schatz. Siehst du das ›Ass der Stäbe‹ und hier ›den Gehängten‹? Ja, na und? Das wusste ich auch ohne Karten. »Wehre dich dagegen«, verkündet sie konspirativ. Danke für den guten Rat, Nadia. »Ist das alles?« frage ich. »Was die Arbeit betrifft, ja. Willst du wissen wie's in der Liebe aussieht?« »Ja, gerne«, sage ich möglichst gleichgültig. Mein Herz läuft auf dreitausend Touren. »Der Eremit«, sagt sie. »Einsamkeit und Nachdenken.« Da haben wir es. Meine Stimmung rutscht in den Keller. »Da ist aber jemand ... Ein dunkelhaariger Mann ... Es wird nicht leicht sein, doch du kannst es schaffen. Hier: ›Die Kraft‹ und ›Der Turm‹. ›Bruch‹, dann ›Die Liebenden‹. Ja, ja.« Ich weiß nicht, worauf sich das ›Ja, ja‹ bezieht, doch ich zahle ihr von Herzen gerne die verlangten hunderttausend Lire. Ein dunkelhaariger Mann. Das Leben ist wundervoll.

Sonntag, 16. Januar

Ich verbringe Stunden damit, mich zu depilieren. Zuerst versuche ich es mit Wachs – bis ich den ersten Streifen abreiße –, dann mit dem Elektrorasierer, der meine langen Haare erst um den Scherkopf wickelt und sie zu meinen Schmerzensschreien Twist tanzen lässt, bevor er sie entfernt, schließlich nehme ich den von den Frauenzeitschriften verteufelten Handrasierer, um meine wabbeligen Zellulitisbeine aus dem schwarzen Dickicht zu befreien (die Frauenmagazine sprechen übrigens von ›Epilation‹ und nicht von ›Depilation‹ – vielleicht meinen sie was anderes). Ich lackiere meine Nägel sechsmal hintereinander, von Puderfarben bis Vamp-Violett. Am Schluss gefällt mir doch Puderfarben am besten, mittlerweile haben sich jedoch tiefviolette Ränder um die Nägel gebildet, die sich wohl nicht mehr entfernen lassen. Als Nächstes wasche ich mir die Haare, drehe sie auf Lockenwickler, die ich mit Gel bestreiche, und lasse dann die Haare an der Luft trocknen. So halten die Locken länger, sagt Cinzia. Ich sterbe vor Kälte und so lege ich mir eine Kassette mit kubanischer Musik auf und tanze, während mein Fett im Gegentakt dazu wabbelt. Macht nichts, ich werde superschlank und wunderschön, alle werden mich anbeten. Während ich tanze, träume ich von einem dunkelhaarigen Mann, der Andy Garcia, dann Antonio Banderas und schließlich niemandem ähnlich sieht, doch er liebt mich. Nadia irrt sich niemals, sage ich mir.

Dienstag, 18. Januar

Es gibt immer ein erstes Mal: Nadia hat sich geirrt. Den ganzen Tag lief ich aufgemacht wie Lola Falana herum, die Antennen auf Feinempfang, doch von einem Dunkelhaarigen keine Spur. Sogar Marco, der hübsche Junge von der Bar, hat sich ausgerechnet heute die Haare platinblond gefärbt. Ich weiß, ich weiß, er ist erst sechzehn, doch wenn Cher und Liz Taylor es können, warum nicht auch ich? Niemals den eigenen Aktionsradius einschränken, sagt Bill Gates! Doch vielleicht sprach er nicht von Jungs ... Der einzige Brünette, der mir heute begegnete, war der Polizist, als er mich gerade aufschrieb. Es gelang mir, ihn davon abzubringen, indem ich vorgab, im zweiten Monat einer Risikoschwangerschaft zu sein. Schlussendlich ließ er sich erweichen, betrachtete meinen Bauch und sagte: »Tatsächlich, schon ganz schön groß.« Vielleicht wäre mir doch der Strafzettel lieber gewesen. Ich muss eine Diät machen. UNBEDINGT!!!

Donnerstag, 20. Januar

Uff, uff, uff! Nicht ein einziger dunkelhaariger Mann! Dafür sind in der Arbeit alle hysterisch wegen eines Werbeetats, den sie um jeden Preis gewinnen müssen. Sie behandeln mich wie lästigen Nippes, der zu nichts nütze ist. Fluchend gehen sie an mir vorbei, fluchend werfen sie mir Angebote auf den Schreibtisch, die auf dem Computer getippt werden müssen, und dauernd soll ich ihnen Kaffee machen. Als unser Chef großzügigerweise eine Espressomaschine spendierte, war dies der Anfang vom Ende. Ich war außer mir vor Glück, als sie mich einstellten, weil ich nie geglaubt hatte, dass sie jemanden wie mich nehmen würden, der weder am Computer noch in Steno, noch in irgendetwas anderem sonderlich fit ist. Zu meiner Beruhigung sollte meine Aufgabe darin bestehen, am Empfang zu sitzen und Anrufe entgegenzunehmen. Damals wusste ich nicht, dass sie in Wirklichkeit eine Barfrau suchten!

Freitag, 21. Januar

Ich kann es nicht glauben, es ist schon Freitag und von einem dunkelhaarigen Mann noch nicht mal ein Schatten zu sehen! Na ja, ein dunkler Schatten schon: auf meinen Beinen, wo die Haare nachwachsen. Ich habe es satt, perfekt zu sein, es nervt! Ich habe Nadia angerufen, und sie hat mir gesagt, dass ich Geduld haben müsse, in ihren Karten taucht der dunkelhaarige Mann auf jeden Fall auf. Nur wo?! Ich kann nicht schlafen.

P.S. Nutella kaufen.

Samstag, 22. Januar

Daniela sagt, man soll nie nachgeben. Sie muss es ja wissen. Wie auch immer, wir haben den Nachmittag in der Stadt verbracht, ich habe Einkäufe gemacht, die ich mir trotz Ausverkauf nicht leisten kann, und sie hat mir von Vanni erzählt, der in Kürze seine Frau verlassen wird (mit der er übrigens das Wochenende in den Bergen verbringt). Ergebnis: Ich habe drei neue eng anliegende T-Shirts im Stil der siebziger Jahre, die aussehen, als hätte sie ein Farbenblinder bemalt und die vor allem meinen Busen um mindestens eine Nummer größer wirken lassen (man sieht auch die Speckröllchen in der Taille, doch ich baue darauf, dass der Blick von meinen Brüsten aufgehalten wird), und überdies weiß ich nun alles über den niederträchtigen Vanni. Einer der Angestellten in einem Geschäft war wirklich süß, und dunkelhaarig. Schade, dass er lackierte Fingernägel hatte und auf seinem Pulli ein Schildchen mit ›Wanda‹.

Immer noch nichts. Heute hat James Geburtstag, der legendäre Art Director, und wir haben in der Agentur ein Überraschungsfest organisiert. Natürlich haben auch alle daran gedacht, ihm ein Geschenk zu machen, und irgendwas sagte mir, dass ›alle‹ auch mich einschloss. Leider gelang es mir nicht, mich mit jemandem zusammen zu tun – nicht einmal Luana wollte, dass ich mich an ihrer Dr.-Oetker-Apfeltorte beteiligte. Im Grunde war es gar nicht so schlecht, so kam ich wenigstens auf andere Gedanken und vergaß für einige Zeit den beschämenden Mangel an dunkelhaarigen Männern in meinem Leben. Oder, wenn man es genau nehmen will, den Mangel an Männern im Allgemeinen, mal abgesehen von Dario, der nicht maßgebend ist. Doch was schenkt man einem supertrendy Art Director, der ausschließlich Schwarz trägt? Ein Brainstorming ergab nur völlig unmögliche Ideen, so griff ich zur geheimen Waffe: Cinzia. Seit sie sich für die Rolle der zukünftigen perfekten Ehefrau entschieden hat, weiß sie immer und für alles die richtige Lösung. »Er mag Schwarz?«, fragte sie nach einigen Augenblicken heuchlerischer Meditation. »Schenk ihm was Schwarzes!« Was würde ich nur ohne meine Freundinnen tun. – Entnervt bin ich in den Geschenkeladen an der Ecke gegangen. Super Idee: Das Durchschnittsalter der Kunden lag bei etwa zwölf Jahren, und das Angebot bestand fast ausschließlich aus Pokemons in allen möglichen Variationen. Schließlich sah ich einen traurigen Plüsch-Snoopy, der das Pearl Harbour der Cartoons überlebt hatte – und musste ihn retten. Schade nur, dass er mit James nun wirklich nichts zu tun hat … Aber irgendein ein Geschenk musste ich ihm einfach machen: James ist der Einzige, der mich nicht schlecht behandelt – er beschränkt sich darauf, mich zu ignorieren. Endlich hatte ich doch noch eine Eingebung: Ich nahm meine hölzernen Tulpen und färbte sie mit einem Filzstift schwarz. Das Ergebnis war etwas friedhofsmäßig, doch für einen makaberen Art Director namens James Scaccabarozzi genau das Richtige. Unglaublich: Meine Tulpen machten Eindruck. James war so begeistert, dass sich ihm ein »Tolle Idee!« entrang – für einen wortkargen Autisten so viel wie ein Neujahrs-Feuerwerk. Doch die eigentliche Neuigkeit kommt erst: James geht! Am Ende des Festes hat er verkündet, dass er uns verlässt und bei einer anderen Agentur anfängt (natürlich hat er es niemandem vor der Party gesagt – er ist zwar autistisch, aber nicht dumm!). Der Punkt ist aber der: Wenn James geht, kommt ein anderer!! Ich fühle es, ich fühle es, der dunkelhaarige Mann nähert sich und ich, O GOTT, ich bin so FETT, Hilfe! Morgen rufe ich bei einem Diätexperten an.

Donnerstag, 27. Januar

Aber wer kennt schon einen Diätexperten? Ich habe das Tetragon zu Hilfe gerufen, will heißen meine besten Freunde. Erster Versuch – Fehlschlag: Dario ist vorübergehend nach Soligo gezogen, um mit seiner neuesten Ewigen Liebe zusammenzuleben, einem Bauern, der auf Bio-Kohl spezialisiert ist. Zweiter Versuch – Fehlschlag: Daniela hat heute Abend ein Rendezvous mit dem schrecklichen Vanni, er führt sie zum Essen ins Hinterland aus, um nur ja nicht zu riskieren, dass sie seiner Frau über den Weg laufen. Dritter Versuch – Fehlschlag hoch drei: Cinzia ist mit ihrer zukünftigen Schwiegermutter auf Shoppingtour, und ich fürchte, dass es ohnehin sinnlos ist, sich mit ihr über irgendwas zu unterhalten, was nicht ihre Hochzeit betrifft. Der vierte Versuch, ich war überzeugt, er würde ein Fehlschlag, war zum Glück ein Treffer! Anna ist zurück aus den Bergen, und heute Abend tagte bei ihr zu Hause das Konsilium. Während der Winzling Luca mit Riesenstimme bewies, wer im Hause das Kommando führt und in mir für die nächsten tausend Jahre jeden Mutterinstinkt abtötete, sind Anna und ich alle Diätärzte durchgegangen, von denen wir je gehört haben. Wie es scheint, ist der Diätexperte die erste Person, an die eine junge Mutter sich nach der Geburt wendet, sobald sie die Kraft aufbringt, den Telefonhörer abzunehmen. Dass Anna bereits eine Stunde nach dem freudigen Ereignis superdünn war, versteht sich von selbst, nicht jedoch ihre Schwangerschaftskolleginnen. Schlussendlich tauchte ein Name mit bestechender Regelmäßigkeit immer wieder auf: Giangi Giannotti, Diätassistent mit Qualitätssiegel. Morgen rufe ich ihn an.

Freitag, 28. Januar

Mit dem legendären Giangi zu sprechen ist gerade mal um ein Haar einfacher als mit der Königin von England zu telefonieren. Endlich ertönt das Freizeichen, und eine Sekretärin mit tiefgekühlter Stimme gibt mir einen Termin in zwei Monaten. Während ich gegen eine Ohnmacht ankämpfe, höre ich, wie sie, plötzlich honigsüß, einen Gruß an eine gewisse Marchesa Vinciboni summt. Ich zögere einige Sekunden, gerade lange genug, um die Edeldame hinausgehen zu lassen, dann seufze ich: »Schade, die Marchesa Vinciboni hatte Sie mir so empfohlen.« Erika-die-Bestie oder wie immer sie heißt, ist plötzlich ganz Ohr. »Macht nichts, ich wende mich an jemand anderen. Grüßen Sie mir die Vinci, wenn Sie sie sehen.«

Es ist, als hätte ich die Nummernkombination des Safes gefunden: Zack, auf einmal wird nächsten Mittwoch ein Termin frei. »Ah, danke, meine Liebe.« Säusle ich wie die Garbo und lege auf. Ich habe dich drangekriegt, du dumme Kuh. Ich bin so glücklich darüber, nächsten Mittwoch mit meiner Diät zu beginnen, dass ich alle meine Freundinnen zu einer Nutella-Party bei mir einlade. Womit bewiesen wäre, dass die Werbung einen manchmal auch auf gute Ideen bringen kann.

Sonntag, 30. Januar

Tante Nora ist ein Mythos: Ich habe ihr vom Diätassistenten erzählt, und sie meinte: »War auch Zeit!« Dann hat sie mich zum Mittagessen eingeladen und mir alle meine Lieblingsgerichte aufgetischt: Lasagne, Wirsing-Fleisch-Eintopf, Gorgonzola und zum Nachtisch Struffoli mit Honig. Ich habe alles verschlungen, ohne jeden Gewissensbissen. Welch ein Genuss! Am Abend sah ich mir eine True-Story im Fernsehen an und aß dazu zentimeterhoch mit Nutella bestrichene Brotschnitten. Ich liebe Diäten, die erst beginnen!

Montag, 31. Januar

Kein dunkelhaariger Mann, im Augenblick, aber ich habe zwei Kilo und vierhundert Gramm zugenommen, seit ich beschlossen habe, am Mittwoch mit meiner Diät zu beginnen.

Februar

Er hat mir zugezwinkert: Gott existiert!

Dienstag, 1. Februar

Konnte dieser Kohlkopf von dunkelhaarigem Mann nicht noch eine Woche warten??? Gerade jetzt da ich so rund bin, dass ich mehr rolle als gehe, höre ich eine unglaubliche Stimme sagen: »Entschuldigen Sie, ist Dr. Nardi hier?« Ich hebe meinen Blick, und da steht er: 1 Meter 85 groß und unbeschreiblich schön, durchdringt er mit seinen samtschwarzen Augen all meine Fettschichten und bohrt sich in mein Herz. Ich sehe ihn an, schnappe nach Luft, und der Ritter mit der weißen Rüstung eilt mir zu Hilfe: »Giulio Righi, Slim Ice.« Slim Ice ist der Kunde, den die Agentur gewinnen will! Meine dicke Hand bewegt sich mit aufreizender Langsamkeit auf die interne Sprechanlage mit der Nummer des Chefs zu. »Doktor Nardi, der dunkelhaarige Mann ist da«, säusle ich, und sofort trifft mich der Schlag vor lauter Scham. »Righi«, erinnert er mich sanft. »Dr. Righi von der … der …« Zum Glück kommt Olivia, die sich auf meinen Prinzen stürzt und ihn abschleppt. Ich glaube, ich werde mich umbringen, indem ich ganz in der Nähe von Luanas Achseln tief einatme.

Mittwoch, 2. Februar

Giangi Giannotti, zur Zeit d e r Diätexperte, wiegt 128 Kilo. Er sieht mich an und meint: »Na, wird ja Zeit, dass Sie sich in Form bringen.« Hast du dich eigentlich schon mal im Spiegel betrachtet, würde ich ihm gerne sagen – doch ich schweige und fühle mich schuldig. Er reicht mir ein Blatt mit den Anweisungen für eine Diät, die sich der Koch eines Konzentrationslagers ausgedacht zu haben scheint, und meint: »Wir sehen uns in zwei Wochen.« Auf dem Blatt stehen nur Obstnamen. Ich kann es nicht glauben. »Und der Rest?«, frage ich schüchtern. »Der Rest ist Trinkgeld!«, sagt er und lacht laut. Dann fügt er hinzu: »Wollen Sie ernsthaft abnehmen oder nur so tun? Wissen Sie, ich habe keine Zeit zu verlieren.« Gedemütigt verlasse ich das Sprechzimmer, und Erika-die-Bestie hält mich auf: »350 000 Lire für die Behandlung und 220 000 für das Präparat.« Ich verlasse die Praxis, um ein Drittel meines Gehalts erleichtert, dafür mit einer Dose mit weißlichem, nach Gülle stinkendem Zeug. Meine Stimmung ist im Keller.

Donnerstag, 3. Februar

Erster Tag der Diät. Obst mochte ich nie besonders, doch zum Glück liebe ich Bananen. Ich kaue also von morgens bis abends Bananen und löffle dreimal am Tag einen grässlichen Brei aus dem nach Gülle stinkenden Pulver und Wasser. Der Brei schmeckt so widerlich, dass ich mir nach jedem Löffel den Mund mit Banane voll stopfen muss, um mich nicht zu übergeben. Allmählich vergeht mir der Appetit. Im Grunde läuft es gar nicht so schlecht.

Freitag, 4. Februar

Ich habe die Anweisungen des übergewichtigen Diätassistenten noch einmal durchgelesen und bin dabei auf ein wichtiges Detail gestoßen, das ich übersehen hatte: Erlaubt sind alle Früchte bis auf Kaki, Trauben und BANANEN! Das Leben ist voller Überraschungen.

Samstag, 5. Februar

Das einzig Gute am Samstag ist, dass man nicht arbeitet – das heißt, man schläft bis zum Geht-nicht-mehr und lümmelt dann den ganzen Nachmittag herum, wobei man ununterbrochen herrliche Schweinereien nascht. Nur, dass ich heute schon um 7 Uhr 38 aufgewacht bin, hungrig wie ein albanischer Flüchtling. Im Kühlschrank: nur Obst. Nebenbei gesagt, als Gott das Winterobst erschuf, schien er in einer depressiven Krise zu stecken. Äpfel, Birnen und Zitrusfrüchte. Äpfel, Birnen und Zitrusfrüchte. Wie bin ich bloß auf die Idee gekommen, jetzt eine Diät zu machen?!? Und als wäre das noch nicht genug, hat Daniela mich gefragt, ob wir heute Abend zusammen essen gehen. Seit Monaten sprechen wir schon davon ohne je konkret etwas auszumachen, und ausgerechnet heute hat Dani sich entschlossen, jetzt, wo ich mich von Luft und Brei ernähren muss. Ich habe abgesagt, doch ich frage mich, warum.

Sonntag, 6. Februar

HUNGER! Heiliger Herr im Himmel, gib mir die Kraft durchzuhalten – oder lass wenigstens etwas Manna light vom Himmel regnen, denn bald bin ich soweit, dass ich hinunter gehe in die Pizzeria und die ganze Diät hinschmeiße.

Montag, 7. Februar

In der Agentur spricht man von nichts anderem als von dem Wettbewerb um den Etat von Slim Ice. Der mythische Giulio Righi hat sich nicht mehr blicken lassen, trotzdem sind im Büro alle noch hysterischer als sonst. Stündlich finden Sitzungen statt, doch der höllenschwarzen Stimmung nach zu schließen haben sie noch keinen Slogan für die Eiscreme von Slim Ice gefunden. Aus den Büros tönt es wie im Delirium »SCHLECK EIN SLIM ICE!« oder »GESCHMACK: JA – FETT: NEIN – BESSER KANN'S NICHT SEIN.« Na ja, damit lockt man keinen Hund hinter dem Ofen hervor. Apropos: Wie schmecken Hunde eigentlich? Eventuell würde mir sogar der Ofen genügen, ich habe einen unglaublichen Hunger, und nur der Gedanke an Righi bewahrt mich davor, mich in der Mittagspause unten in der Bar mit Käse-Panini voll zu stopfen. Und im übrigen habe ich heute früh dreihundert Gramm mehr gewogen, und das obwohl ich nur Obst und Brei esse. Wütend habe ich den Dickwanst Giangi angerufen, doch die abscheuliche Kapo-Sekretärin stellte mich nicht durch, sondern meinte nur leicht gereizt: »Keine Sorge, das ist nur aufgestaut, das geht bald vorbei«, dann legte sie auf. Ich fühle mich kiloschwer zum Narren gehalten.

Dienstag, 8. Februar

Überraschung! Der neue Art Director ist da. Als er auf meinen Schreibtisch zukam, nachlässig gekleidet und mit leicht schwulem Gehabe, die feuerroten Haare vom Kopf abstehend, als wollten sie flüchten, hielt ich ihn für einen Kurierfahrer. Aber: »Ciao, ich bin Giacomo, die Neuerwerbung der Agentur. Kannst du mir helfen?«, sagte er und streckte mir seine Hand entgegen. Als ich ihm meine gab, hielt er sie fest und zog mich hinter dem Schreibtisch hervor bis zum Treppenabsatz, wo diverse Kartons standen. »Bücher, eine Playstation und ein Wasserkocher: meine siegreichen Waffen.«

Seufzend meinte ich: »Okay, ich hab verstanden, nun muss ich außer Kaffee auch noch Tee machen.« »Warum? Bist du die Sekretärin oder meine Bedienung?«, fragte er mich. »Na ja, die Sekretärin.« »Na also, das heißt, dass ich mir meinen Tee selber koche.« Ich weiß nicht recht, was er mehr war – sympathisch oder schlau: Mit dankbarem Elan habe ich ihm geholfen, alle seine Sachen hineinzutragen!

Freitag, 11. Februar

Heute wurden eine Menge Bücherkisten und ein Bücherregal aus Metall in die Agentur geliefert, und alles landete unter den erstaunten Blicken der Mitarbeiter in Giacomos Büro, zusammen mit einem anatomisch geformten Sessel, dem idealen Platz für ein Nickerchen. »Richtest du dir ein Wohnzimmer ein?«, fragte Olivia säuerlich. »Genau. Ich fühle mich nämlich bei der Arbeit gerne wie zuhause, dann bin ich besser gelaunt. Das solltest du auch mal probieren. Es würde dir gut tun.« Olivias zu einem Lächeln verzerrter Mund sah aus wie ein Hühnerpopo. Giacomo hat eine Feindin gewonnen – und eine Freundin für immer: mich. Zum ersten Mal bringt jemand die Zicke zum Schweigen!!! Wäre ich nicht auf Diät, würde ich ein Glas Prosecco auf Giacomos Wohl trinken.

Sonntag, 13. Februar

Ich habe nicht durchgehalten. Das Wochenende war das reinste Inferno: Ausgehen hätte bedeutet, dauernd auf der Hut zu sein, um nur ja nichts zu essen, daheim bleiben hieß, jeden Gedanken ans Essen zu vermeiden. Schließlich konnte ich nicht mehr. Um zwei Uhr nachts futterte ich zwei Dosen saure Gurken, das Einzige, was die Essens-Säuberungsaktion überstanden hatte. Wollt ihr die ganze Wahrheit wissen? Ich habe auch den Essig getrunken. Mir ist ein bisschen schlecht, doch einmal ein anderer Geschmack im Mund, das war paradiesisch! Wie dumm, dass ich morgen zur Kontrolle muss. Na ja, war ein Fehler, doch jetzt lässt sich's nicht mehr ändern. Und wenn Giangi was sagen sollte, dann strecke ich ihn mit meinem Essigatem zu Boden!

Montag, 14. Februar

ICH GEHE AUFS GANZE!!! Termin beim großen Giangi. Ich habe Himmel und Hölle in Bewegung gesetzt, damit ich – zur Entrüstung aller – früher von der Arbeit wegkam, um dann eine Stunde und zwanzig Minuten zu warten, bis Mister Silhouette sich herabließ, mich zu untersuchen. In der Zwischenzeit hat Erika-die-Bestie (in Wirklichkeit heißt sie übrigens Adalgisa, wer hätte das gedacht?) mir zwei Gläser frisch gepressten Orangensaft angeboten. Erst dachte ich: Siehst du? Im Grunde hat sie doch auch menschliche Seiten – dann ist mir eingefallen, dass Giangi mein Gewicht überprüfen musste, und dass zwei große Gläser Orangensaft sicher zu Buche schlagen würden. Trotz allem: TA-TA! Zwei Kilo zwanzig abgenommen!!! Sogar Giangi hat mir gratuliert. Von den Gürkchen habe ich ihm nichts erzählt, ab heute beginnt ohnehin eine neue Diät, bei der auch Fleisch, Fisch und Gemüse erlaubt sind! Achtung, Männer: Die neue Gloria ist im Anmarsch!

Dienstag, 15. Februar

ER IST WIEDERGEKOMMEN! Noch schöner als in meiner Erinnerung. Der mythische Giulio Righi verströmte heute Nachmittag seinen Liebreiz in der Agentur – und, sieh an, alle weiblichen Wesen aus der näheren Umgebung schwirrten unter irgendeinem Vorwand um ihn herum. Während er im kleinen Salon in einem Sessel Platz nahm, segelte Luana an meinem Schreibtisch vorbei und flüsterte mir zu: »Den da müsste man in einen Schaukasten stellen, zur Ehrenrettung der Gattung.« Wie sollte man sie dafür tadeln? Schließlich weiß sie ja nicht, dass Giulio mir gehört, so steht es in den Karten! Um ehrlich zu sein, auch er weiß es nicht. Aber, als er mich sah, sagte er: »Sie sehen ein wenig erschöpft aus.« Okay, das ist nicht gerade das schönste Kompliment, das ich je bekommen habe, aber es bedeutet, dass er mich wahrgenommen hat!! Dann kam die überirdische Olivia und nahm ihn mit, wobei sie permanent lächelte und ihn anflötete. Ich war so hingerissen von Giulio, dass ich es versäumte, ihr lebenslänglich Herpes zu wünschen. Trotz der Beinah-Ohnmachtsanfälle des weiblichen Personals in der Agentur hat Righis Kommen aber nicht die erhofften Ergebnisse gebracht: Keiner der Vorschläge stieß auf seine Begeisterung. Und so sind weiter alle hysterisch in der Agentur, außer Giacomo, der die anderen betrachtet, als wären sie exotische Tiere in einem Zoo. Ich bin glücklich: Ich habe Righi wieder gesehen und heute Abend darf ich Hühnchen essen. Was gehen mich die Dramen in der Agentur an?

Donnerstag, 17. Februar

Olivia kam zu mir mit einer Schachtel Slim-Ice-Eiskrem: »Wirf sie weg!«, befahl sie. »Ich kann sie nicht mehr sehen.« »Kann ich sie haben, statt sie wegzuwerfen?«, fragte ich, wobei ich mir wie eine Bettlerin vorkam. »Mach damit, was du willst«, erwiderte die Contessa und sah mich an. Ich fühlte mich augenblicklich übergewichtig und meinte: »Na ja, es ist ja Diät-Eis, zumindest streiche ich es mir nicht direkt auf die Schenkel.« Olivia setzte sich auf meinen Schreibtisch, sagte kein Wort und sah mich eine gute Minute lang an. Plötzlich stand sie auf, marschierte auf ihr Büro zu und schrie: »Kaffee!« Umgehend betrachtete ich mich in meinem Handspiegel: Nein, ich hatte keine braunen Flecken auf den Schneidezähnen, es klemmten auch keine Kaffeebohnen zwischen meinen Zähnen. Den Kaffee wollte sie. Auf dem Weg zur Espressomaschine murmelte ich gegen die Wand: »Bitte, es heißt ›bitte‹, blöde Kuh!«

Samstag, 19. Februar

Um neun Uhr dreißig, gerade als Righi mich mit Wollust küsste und mir seine ewige Liebe erklärte, klingelte es Sturm an der Türsprechanlage und Dolores, die Hausmeisterin, fragte mich: »Signurina Cloria, haben sie dieses Unichè zu tun oder tun sie nix wie immer?« Mal abgesehen davon, dass die mythische Dolores bei Biscardi Italienischunterricht und wohl auch Englischstunden nimmt – ich habe nämlich einige Zeit gebraucht, bis ich verstand, dass Unichè ›weekend‹ bedeutet –, kann man von ihr nicht gerade behaupten, dass sie sich nicht um die Angelegenheiten anderer Leute kümmert. »Nein, ich habe nichts vor, Sie haben richtig geraten«, zischte ich. »Können Sie mir also den Dünger in die Pflanzen im Hof tun? Ich mache gerade eine Kur, aber dieses Uniché ich muss ins Dorf, weil mein Kuseng heiratet.« Sogar Dolores, die so dick und klein ist, dass man eher über sie hinweghüpft, als um sie herumzugehen, hat was vor am Wochenende! Ich kam mir wie eine Ausgestoßene vor, aber es ist ja wahr: Außer mit meinen Freundinnen gehe ich mit niemandem aus. So kann es nicht weitergehen. Aus. Schluss damit, von anderen abhängig zu sein! Schluss mit dem Selbstmitleid! Ich bin nicht mutterseelenallein, sondern ein Single und frei, und heute gehe ich aus, weil ich es will! Zu Mittag gehe ich ins Restaurant an der Ecke und frage nach einem freien Tisch. »Erwarten sie jemanden?«, will der Kellner wissen. »NEIN!«, antworte ich so bestimmt wie möglich. Während ich meinen gegrillten Fisch esse (zu Hause koche ich mir nie Fisch, weil ich die Augen nicht ertrage) weiß ich nicht recht, wie ich mich verhalten, wohin ich schauen soll. Von einem Tisch mit drei Männern werden mir dauernd verstohlene Blicke zugeworfen, begleitet von geflüsterten Kommentaren – ich will gar nicht wissen, was sie sagen, und fühle mich reichlich unwohl. Wohin ich sonst schaue, sehe ich nur Paare oder Gruppen von Freunden, und ich fühle mich noch schlechter. Ist es denn möglich, dass niemand auf der Welt mit mir essen will? Der Kellner, der mir galant die Vorzüge des hausgemachten Tiramisu anpreist, ist auch kein Trost. Außer mir ist keine einzige Frau alleine hier, und ich weiß auch, warum: Weil es einfach beschissen ist, allein essen zu gehen.

Sonntag, 20. Februar

Trotz der gestrigen Erfahrung habe ich heute beschlossen,

allein ins Kino zu gehen. Alle meine Freundinnen hatten schon etwas anderes vor. Ich entschied mich für eine romantische Komödie, und natürlich waren nur Pärchen im Kino. Vor mir, hinter mir, rechts und links von mir – ein einziges Umarmen und Knutschen, aufgeregtes Geflüster und komplizenhaftes Gelächter. Ich tat so, als würde ich nichts bemerken, in Wahrheit traf es mich wie Messerstiche. Komisch, dass ich nicht an Righi gedacht habe, sondern an Paolo, meinen Ex-Freund, der jetzt irgendwo zusammen mit der Frau ist, mit der ich ihn in absolut eindeutiger Lage in ***unserem*** Bett erwischt habe. Leider fielen mir den ganzen Tag über nur die schönen Momente unserer Beziehung ein, und es ging mir superschlecht. Zu allem Überfluss hat mich auch niemand belästigt! Offensichtlich bin ich zur unsichtbaren Frau geworden – und dies sicher nicht wegen der Diät. Okay. Wenn ich also unsichtbar bin, dann kann ich mir auch einen schönen Teller Spaghetti kochen – das Abmühen bringt ja doch nichts.

Montag, 21. Februar

Olivia erschien heute in schwarzes Leder gekleidet in der Agentur. Ich bemerkte, dass ihr die Lederhose an den Beinen ein wenig weit ist, und verzweifelt sah ich die wundersamen auf meinen Schenkeln an. Ist es denn möglich, dass schon eine Pastasciutta mich auseinandergehen lässt? Na ja, ob mit oder ohne Diät, Schenkelchen wie Olivia werde ich niemals haben: An mir verzieht sich jedes Paar Hosen schmerzvoll, bis es die Form eines Dreiecks mit der Spitze nach unten und der längsten Seite oben hat. Ich verstehe, dass Olivia so selbstsicher ist, wenn sie sich auf ihr Büro zubewegt, ohne dass ihre Schenkel sich berühren: Sie sieht aus wie eine Black Venus, exakt geschnittene, stufig fallende Haare, Make-up in Weiß und Bordeaux, entschlossener Gesichtsausdruck. Doch warum hasse ich sie aus tiefstem Herzen, ich, die nie neidisch war? Trotz meiner Diät wiege ich mindestens das Doppelte, und das Herz rutscht mir bis zu den Knien. Bis zu meinen schönen fetten Knien. Hilfe. Ich versinke in meiner Depression! Ich brauche sofort den Rat meiner Freunde und fange an, vom Büro aus zu telefonieren, eins jener Dinge, die der Chef *absolut* nicht toleriert. Besser gekündigt als tot, sage ich mir. Ich rufe Cinzia an, doch die kann nicht sprechen, weil sie gerade ein Dankeschön-Abendessen für ihre Schwiegereltern vorbereitet (Danke wofür? Dass sie meine Freundin in eine Hausangestellte verwandelt haben, denke ich, aber ich habe sage nichts, denn Cinzia ist Skorpion und schnell beleidigt). Dafür führe ich ein einstündiges Ferngespräch mit Soligo, doch anstatt mit Dario über meine Nöte zu sprechen, zähle ich ihm die unendlichen Liebreize des göttlichen Giulio auf. »Was kann ich nur tun, um ihn zu erobern, Göttlicher?«, frage ich meinen Strategie-Berater. »Als Erstes: vögel mit ihm. Erst danach kannst du abschätzen, ob es sich lohnt, Zeit zu investieren.« Allmählich beginne ich zu verstehen, warum Dario so viel MEHR Aufrisse macht als ich. Zum Schluss probiere ich's bei Anna, die meine beste Freundin ist, aber auch diejenige, die am wenigsten Zeit hat, mit der Beulenpest von Sohn am Hals, der sie zur glücklichen Sklavin macht. Sie brüllt ins Telefon, im Hintergrund hört man unmenschliche schrille Schreie: »Entschuldige, weißt du, wir sind gerade mitten in einem kleinen Fest für die Freunde von Luchino.« Mit seinen zwei Jahren empfängt Luchino mehr Gäste als Marta Marzotto. »Ich würde gerne mit dir reden, Gloria«, sagt sie mit einem leichten Beben in der Stimme, »aber heute Abend weiß ich nicht … STELL DIE VASE HIN, Schatz! Ich weiß nicht, ob ich es schaffe.« Ich will nicht insistieren: Schlussendlich müsste wahrscheinlich ich ihr mit Rat und Tat zur Seite stehen.

Mittwoch, 23. Februar

Super Righi scheint verschollen zu sein. Ob er vielleicht eine andere Agentur gefunden hat? Aber wie ist das möglich, wenn er doch der dunkelhaarige Mann aus den Karten ist? Und vor allem: Wozu soll ich weiterhin meine Diät machen, wenn ich ihn nicht mehr sehe? »Für dich!«, sagt mir eine innere Stimme, die direkt aus einer Frauenzeitschrift zu kommen scheint, und zwar aus einer von denen, die einem erst erklären, dass man sich selbst gefallen muss, um einem dann die Fotos von sechzehnjährigen bildschönen Magersüchtigen und von Diven zu zeigen, die ganze Heere von Schönheitschirurgen am Leben erhalten – mit dem Ergebnis, dass man sich niemals auch nur passabel fühlt. Ich habe beschlossen, ein Gelübde abzulegen: Solange Righi nicht zurückkehrt, kaue ich nicht mehr an meinen Fingernägeln. Ich schwöre es.

P.S. Sind Gelübde auch dann bindend, wenn man auf Diät ist und außer Fingernägeln so gut wie nichts zu essen hat?

Donnerstag, 24. Februar

Gelübde funktionieren! Bevor ich ins Delirium ›Hilfe, meine Nägel wachsen nach und ich darf sie nicht abkauen‹ verfiel, rief Righi an. Was für eine Stimme, WAS FÜR EINE STIMME! Wie schön muss es für eine Frau sein, von dieser Stimme eingeladen zu werden. Natürlich wollte er Olivia. Ich träumte vor mich hin – ob er verheiratet ist? Eine Freundin hat? Schwul ist? Jedenfalls hat er keinen Ehering – oder trägt er ihn nicht? Ich verließ meinen Schreibtisch und ging zu Luana; zum einen, weil es mich aufbaut, mit jemandem zu sprechen, der dicker ist als ich, zum anderen, weil ich Informationen brauchte. Luana ist nämlich die Ehrenvorsitzende von Radio Serva, doch diesmal wusste sie nicht viel. »Er ist erst seit kurzem bei Slim Ice, vorher war er in Spanien. Weißt du, dass du heute die Zweite bist, die mich um Informationen über Righi bittet?« »Und wer war die Erste?«, fragte ich alarmiert. »Du wirst es nicht glauben: Miss-das-hab-nur-ich!« Olivia! Ich wusste es! Ich wusste es! Allerdings musste es ganz schön schlecht um sie stehen, wenn sie Luana um Informationen bat. Nichtsdestotrotz stieg eine Welle von Eifersucht in mir hoch, und ich fühlte mich schon vom Start weg geschlagen.

Zum Glück gibt es Anna, meine Annina, die Beste von allen. Heute Abend kam sie zu mir, ohne Luca, Gott sei Dank. Kaum sah sie mich, rief sie: »Gloria, du siehst super aus! Gertenschlank!« Die wahren Freundinnen erkennt man an ihrer Fähigkeit, Trost zu spenden. Mein Gesicht ist tatsächlich etwas schmaler geworden, und unter meinen Wangenknochen lassen sich ganz vage Schatten erkennen. Aber es ist einfach fantastisch, es gesagt zu bekommen! »Annina, wollen wir uns ein bisschen unterhalten?«, fragte ich sie, während wir uns mit einer Cola light aufs Sofa setzten. »Du klangst neulich etwas erschöpft.« »Erschöpft??«, rief sie verblüfft aus. »Nein, das war nur mal eben ein Augenblick … es war gerade ein ziemlicher Trubel … Nein, nein, ich bin super in Form!« Ich blickte in ihr gespanntes Gesicht und bemerkte Falten, die ich bisher noch nie an ihr gesehen hatte. »Bist du sicher? Schau, mir brauchst du nicht die perfekte Mutter vorzuspielen.« »Ich spiele nicht die perfekte Mutter!«, erwiderte sie, leicht pikiert. »Mit einem Kind ist eben alles anders.« »Und wann fängst du wieder an zu arbeiten?« Anna ist Organisatorin fantastischer Events, immer voller Ideen und mit viel Geschick. Gerade als sie dabei war, groß herauszukommen, kam Luca, und sie hat alles aufgegeben. »Weißt du, jetzt, da Luca heranwächst, will ich natürlich nichts verpassen: seine ersten Entdeckungen, seine ersten Erfolge, seine ersten Worte.« »Und all deine Projekte?« »Gloria, das bei weitem schönste Projekt meines Lebens ist Luca! Das verstehst du erst, wenn du selbst Kinder hast.« Ich verstehe tatsächlich nicht, wie man einem ausgefüllten Leben mit interessanten Begegnungen einen Wildfang vorziehen kann, der auf das neue Sofa zeigt und stolz brabbelt: »Mamma, gagga dort macht.« Bevor sich ein bitterer Ton in unsere Unterhaltung schleichen konnte, meinte Anna: »Und dann gibt es ja dich: Du bist mein Kontakt zur Welt von früher! Erzähl mir von dem tollen Typen, den du kennen gelernt hast.« Eine Freundin bleibt eine Freundin, mit oder ohne Kind. Wie zwei Teenager unterhielten wir uns und tranken Tee, Righi nannten wir ›den Unseren‹ und überlegten uns Feldzüge und Strategien wie zwei Generäle. Wir zogen über Olivia her und kamen einstimmig zu dem Schluss, dass sie sicher Schweißfüße hat und jede erdenkliche Art von Weißfluss. Wir sagten uns all die Dinge, von denen wir gerne hätten, dass andere sie über uns sagen. Wer braucht schon einen Psychologen, wenn es doch die beste Freundin gibt?

Freitag, 25. Februar

Verflixt, sein Namenstag ist schon vorbei, San Giuliano war am 9. Januar. Und wer weiß, wann er Geburtstag hat. Wie komme ich jetzt an ein Gesprächsthema mit dem legendären

Righi? Heute erschien mein Dunkelhaariger wie ein Sonnenstrahl in der Türe, und ich hatte eines meiner neuen T-Shirts an! Kaum eingetreten, fielen seine Augen auf mein Felsengebirge (na ja, wohl eher Butterberge), und er zwinkerte mir zu! Seit zwei Stunden ist er nun in einer Besprechung mit dem Großen Chef, Olivia, Giacomo und den anderen VIPs der Agentur. O mein Gott, lass uns den Etat gewinnen, so sehe ich ihn wieder, bitte, bitte, bitte! Wenn wir es schaffen, gehe ich am Sonntag in die Kirche, ich schwöre es.

ICH GEHE AM SONNTAG IN DIE KIRCHE!! Alle verließen das Besprechungszimmer mit einem glücklichen Lächeln à la Mulino-Bianco-Familie aus der Fernsehwerbung. Der Etat gehört uns! Und obwohl Olivia an der Seite des legendären Righi zu kleben schien, hat er mir beim Hinausgehen WIEDER ZUGEZWINKERT!!!

Samstag, 26. Februar

Ich habe dem Tetragon die große Neuigkeit vom wiederholten Zuzwinkern Righis erzählt! Cinzia meinte, dass das nichts zu bedeuten hätte und dass es auch ein Tic sein könnte (warum frage ich sie eigentlich?); Daniela ermahnte mich, unbedingt herauszufinden, ob er verheiratet ist; zum Glück gibt es noch Dario und Anna! Anna hat mich für morgen zu sich nach Hause eingeladen, um das Thema zu ›vertiefen‹, und Dario, der endlich den Bauern aus Soligo verlassen hat, und, sieh an, wieder mit dem ewigen Mario zusammen ist, hat mich für Dienstag zum Abendessen eingeladen (»Wenn über coole Jungs gesprochen wird, muss ich der Erste sein, der es erfährt«). Ich liebe sie, und ich liebe Righi, und ich will nur noch von Liebe, Freunden und Karotten leben!!!

Montag, 28. Februar

In der Agentur spricht man nur noch über Olivia und ihre geniale Idee für die Slim-Ice-Werbekampagne. Sogar Giacomo sieht sie mit anderen Augen an, in der Art: ›Sie ist zwar eine blöde Zicke, aber sie hat was auf dem Kasten‹. Sie schwebt durch die Agentur, als wäre sie die selige Diana von England, die gnädig die Ehrerbietungen aller empfängt. Während ich mir wünsche, dass sie sich in Camilla verwandelt. Oder in Charles. Oder in o.b.

März

Auge um Auge, Titte um Titte!

Donnerstag, 2. März

Der Göttliche, will heißen Dario, hat während seines Aufenthaltes im Veneto ein Schlachtfeld hinterlassen: Außer seinem Geliebten aus Soligo hat er in einem Monat mehr Männer gehabt als ich in meinem ganzen Leben. Klar, dass er den Großteil der Unterhaltung bestritt, da ich während der ganzen Zeit nur mit einem einzigen Mann zu Gange war und der Höhepunkt dieser Beziehung noch dazu in einem Augenzwinkern bestand. »Wie schaffst du es nur, dir so viele Männer zu angeln?«, fragte ich ihn betrübt. »Ich gehe einfach ran«, antwortete er mit Engelsmiene, als wäre es das Einfachste der Welt. »Ich mache einen Schritt, setze mich in Bewegung, stürze mich voll und ganz in die Sache. Auf jeden Fall versäume ich keine Zeit mit Hirnwichsereien wie du!« Vielleicht hat er nicht ganz Unrecht. Aber wie soll ich mich in eine Beziehung mit jemandem stürzen, der mich ansieht, als wäre ich ein Hologramm, und der mich nur grüßt, weil er höflich ist oder weil mein Busen in dem neuen T-Shirt so groß wirkt wie der von der dicken Tabakverkäuferin in Fellinis *Amarcord*? Dario verdrehte die Augen: »Zum Glück versteht ihr Frauen nichts von Männern.«

Da er mit seiner aggressiven Taktik ja durchaus erfolgreich ist, fasste ich mir ein Herz und stürzte mich in die

Sache: Als Super-Righi heute anrief und wie immer Olivia verlangte, hauchte ich mit betörender Stimme: »Wie geht's uns denn heute, Doktor Righi?« Er antwortete, etwas erstaunt: »Uns geht es gut. Und euch?« »Uns geht es auch gut.« »Okay«, meinte The Giulio, »nun, das wäre also geklärt, können Sie mir jetzt bitte Olivia geben?«

Ganz klar, ich bin unwiderstehlich. Am liebsten würde ich mich in ein schwarzes Loch verkriechen und nie mehr herauskommen.

Samstag, 4. März

Heute Abend fand eine Versammlung der Single-Frauen statt – das heißt, ich traf mich mit Daniela. Nach der peinlichen Vorstellung von Donnerstag war es wirklich an der Zeit, einen ganzen Abend nur mit Schwätzen, Lästern, Weinen und Sich-Anvertrauen zu verbringen. Ich habe mit den Chips ein wenig über die Stränge geschlagen, aber es tat einfach zu gut. Wir haben auf unser Wohl und auf das unserer aktuellen Schönen getrunken, haben die Länge der Haare auf unseren Beinen verglichen und Olivia und die Frau des Schauerlichen Vanni niedergemacht. Der Fuchs und die Trauben? Keine Spur! Wer uns heiratet, gewinnt den Sechser im Lotto! Das Problem ist nur, dass uns niemand heiratet. Sind wir zu viel für die Männer? Wir haben uns auf ›Ja‹ geeinigt, aber es ist keine große Befriedigung.

Sonntag, 5. März

Mittagessen bei Tante Nora: es gab butterweiche zarte Diät-Kräuterschnitzel (die bei mir immer hart wie Schuhsohlen werden). Wir redeten über die Vergangenheit und über die Zeit, als Papa noch lebte. »Ihr zwei seid euch sehr ähnlich, schüchtern und starrköpfig wie Maulesel, und überzeugt, nicht viel wert zu sein.« Tante Nora ist die Wächterin der Erinnerungen, die Letzte, die sich an die Urgroßeltern, an Cousins und Verwandte erinnert, die ich nie kennen gelernt oder kaum je getroffen habe. Der Gedanke, dass mit ihr die Erinnerung an die Familie meines Vaters stirbt, betrübt mich. Als Papà Mamma heiratete, er so schüchtern und anständig, sie so grell und auffällig und aus einer anderen Gesellschaftsschicht (die Gentile waren höhere Angestellte, die Camma hingegen Arbeiter), hatte er seine ganze Familie gegen sich, und die Beziehungen kühlten sehr ab – bis seine Krebserkrankung wieder alle zusammenbrachte. »Sollte ich einmal einen Sohn haben, so werde ich ihn Giovanni nennen, wie Papà«, sagte ich ihr. Mit tränenfeuchten Augen antwortete sie mir: »Warte nicht zu lange damit, sonst endest du wie ich. Allein mit der Erinnerung.« Ich habe sie fest umarmt und mir gedacht: »Ich werde sie befreien!« Vielleicht.

Montag, 6. März

Der Große Chef hat für Donnerstag, elf Uhr, eine Besprechung mit Slim Ice einberufen. Natürlich wird auch Er kommen, und ich habe Angst, ihm zu begegnen. Ich glaube, ich werde am Donnerstag sehr krank sein. Wer hat schon den Mut, die ironischen Blicke des Braunen Mannes auszuhalten, nach dem peinlichen Telefonat neulich? Heute habe ich schon mal heftige Kopfschmerzen vorgetäuscht, und zwar so intensiv, dass mir am Ende tatsächlich der Kopf weh tat. Das kommt eigentlich gar nicht ungelegen, so kann ich für morgen Vormittag einen Arzttermin ausmachen und zu meinem Rendezvous mit dem dicken Diätexperten gehen. Mein ganzes Leben ist ein einziges Schaudern.

Mittwoch, 8. März

Tag der Frau! Heute ist der Tag von Gloria, der Schlanken! Giangi hat mir bestätigt, dass ich drei Kilo 80 abgenommen habe, und zwar an den richtigen Stellen! Ich war so euphorisch, dass ich drauf und dran war, ihm das Honorar zu erhöhen, doch dafür hätte ich meine Wohnung verkaufen müssen. In der Agentur hat mir Luana gesagt, dass nach ihren mysteriösen Informanten der Legendäre Righi SICH GERADE VON SEINER FREUNDIN GETRENNT HAT!!! Er war seit einiger Zeit (wie lange, ist nicht bekannt) mit ihr zusammen, doch Ende des vergangenen Sommers endete die Beziehung. Und weißt du, was das heißt? Dass Gloria, die Schlanke, sich für Donnerstag natürlich NICHT krank schreiben lässt. Wenn denn Krieg angesagt ist: Auf in den Krieg! Achtung Righi!

Donnerstag, 9. März

Das Abendessen am Tag der Frau verbrachte ich damit, mir Ratschläge in Sachen Mode einzuholen. Schließlich habe ich mich vor allem dem Diktat des Göttlichen Dario gebeugt (der für eine Mischung aus Valentino und Jessica Rizzo plädierte) und kam mit einem leicht transparenten Body und einem gefährlichen Push-up in die Agentur, darüber trug ich eine Jacke, aber ... Bei Tageslicht entdeckte ich, dass der Body nicht nur leicht transparent war: Giacomo fragte mich – mit Augen wie in einem Cartoon: »Wau, stellst du mir die vor?« Was mich nur bestätigte. Als Righi und die anderen drei von Slim Ice kamen, fühlte ich acht Augen auf meinem Vorbau, während ich, die Unverfrorenheit in Person, rot wie eine Tomate wurde. »Heute geht es uns aber *wirklich* gut«, sagte Er mit einem Lächeln. Und ich, als hätte ich bisher in Hollywood gelebt: »Und es ist erst Vormittag.« Hochgezogene Augenbraue – falls sie es nicht kapiert haben sollten. Auf dem Weg in den Besprechungsraum flüsterten die drei miteinander, und Righi warf mir einen langen und durchdringenden Blick zu, wobei er die Zähne zu seinem typischen Wolfslächeln bleckte, dann ging auch er in den Besprechungsraum. Kaum waren sie weg, bin ich in die Kaffeeküche gelaufen, wo ich zehn Minuten lang auf und ab sprang und mit verhaltener Stimme »O Gott, O Gott!« rief, bis meine Brüste aus dem Push-up rutschten. Dario hatte Recht: Wer wagt, gewinnt. Aber warum werden die Männer angesichts zweier Titten zu Schwachköpfen? Das kann ich einfach nicht verstehen. Eines ist sicher: Ein ganzes Leben versucht man, ein anständiges Mädchen zu sein, und kaum hat man die Dreißig überschritten, wird einem klar, dass man alles falsch gemacht hat. Die Welt gehört den Flittchen, das ist die Wahrheit!

Samstag, 11. März

Ich brenne darauf, Neues zu lernen, und da ich keine Schule für angehende Geishas kenne, rief ich Dario an, der umgehend herbei eilte, um mir mit dem Enthusiasmus eines Sektenjüngers Unterricht für Flittchen zu geben. »Lass niemals zu, dass sie die Führung im Spiel übernehmen. Sie müssen glauben, dass du sie dir ganz nach Belieben nimmst oder sie wieder von dir weist, dass du zu allem bereit bist, aber nur, wenn es dir in den Kram passt. Du musst sie quälen: Sei aufreizend, dann ausweichend, dann geradezu gefesselt von ihnen, um gleich darauf unerreichbar zu sein, auf der Flucht – in der Liebe gewinnt …« »…wer flüchtet, ich weiß«, unterbrach ich ihn. »Aus eigener Erfahrung: Vor mir sind alle geflüchtet!« »Das ist nicht wahr! Paolo hast du verlassen.« »Vielen Dank, den habe ich mit dem Kopf zwischen den Brüsten einer Unbekannten gefunden!«, erwiderte ich und erschauderte in Erinnerung daran. Unglaublich, wie lange manche Dinge schmerzen. »Okay«, und der Göttliche schnitt damit weitere Einwände ab, »lern du, dich wie eine Hure aufzuführen, so braucht er sie nicht woanders zu suchen!« Okay, okay. Das ist aber nicht so einfach. O Gott, wenn ich darüber nachdenke, dann könnte es doch möglich sein: Im Grunde heißt sich wie eine Hure aufzuführen, wie Dario es nennt, dass ich mich genau so benehmen muss, wie die Männer sich mir gegenüber benommen haben: egoistisch, teuflisch, lüstern, verlogen, erbärmlich. Kann doch nicht so schwer sein, oder?

Montag, 13. März

Erster Tag meines neuen Lebens als Flittchen! Sicher, die Super-Flittchen haben keine Dreiecksschenkel, sie verbringen ihre Tage in Fitness-Studios und Schönheitssalons und nicht mit Kaffeekochen in einem Büro. Aber keine negativen Gedanken! Olivia hat mich von oben bis unten angestarrt als sei ich Dolly Parton, doch ich habe ihrem Blick standgehalten und ihre nicht vorhandenen Brüste fixiert. Auge um Auge, Titte um Titte!

Dienstag, 14. März

Erst der zweite Tag als Flittchen, und schon funktioniert es. Der Braune Mann hat angerufen!! O Gott, um die Wahrheit zu sagen, hat er in der Agentur angerufen – aber er war alles andere als kurz angebunden. »Wie geht es uns heute?«, fragte er in verschwörerischem Ton. »Uns geht es blendend«, antwortete ich mit etwas rauer Stimme, à la Melanie Griffith. »Olivia Rinaldi erwartet Euch, und ich weiß nicht, was ich Euch wünschen soll.« Er lachte aus vollem Halse und redete dann weiter bis ich ihn, höchst professionell, mit einsilbiger Stimme unterbrach: »Ich verbinde Sie jetzt mit Signorina Rinaldi, bleiben Sie dran.« Und ich stellte den Anruf durch. Ich fühle mich wie Mata Hari, ich fühle mich wie Marlene Dietrich mit etwas dickeren Wangen – noch besser, ich fühle mich so wie Melanie sich gefühlt haben muss, als sie Antonio Banderas verführte. Kurzum: Ich fühle mich blendend!

Mittwoch, 15. März

Der Große Chef will ein Fest für Olivia geben, die mit ihrem genialen Slogan den Etat von Slim Ice gewonnen hat. Er schlug diesen Samstag vor, doch zum Glück hat Olivia fürs Wochenende schon etwas ausgemacht, sie will in die Berge fahren (natürlich nicht allein, das hörte man schon an ihrem Ton). Das Fest findet deshalb erst am Montag statt. Und wer soll für Essen und Getränke sorgen? Gloria natürlich, die Sekretärin, die gleichzeitig Kellnerin ist. Die Neue Femme fatale – nicht zu fassen! Heute Abend hielt ich das Femme-fatale-Dasein nicht mehr aus. Sweatshirt und Jogginghose, dicke Wollsocken und Plaid, Fernsehquiz und ein Light-

Getränk: Wie entspannend ist doch das Leben eines anständigen Mädchens.

Freitag, 17. März

Sag mir ja niemand, dass Freitag, der 17. kein Unglückstag ist*! Den ganzen Nachmittag verbrachte ich damit, die verdammte Party für Olivia zu organisieren. Als endlich Arbeitsschluss war, erschien Giulio wie ein Lichtstrahl in der Agentur, in einen traumhaften Pullover und eine Lederjacke direkt aus der Whiskywerbung gekleidet. Er beugte sich über meinen Schreibtisch und flüsterte mir zu: »Salve! Na, in Form fürs Wochenende?« »Wie immer«, antwortete ich mit einem Pokerface. In diesem Augenblick kam Olivia aus ihrem Büro, mit hohen Stiefeln an den perfekten Beinen, einem trendy Ledermantel in der Farbe von Weintrester und farblich dazu passender Reisetasche. »Oh, du bist ja schon hier«, sagte sie. »Bist du bereit?«, fragte er sie. »Of course«, säuselte die Schlange. »Wenn ich nicht bereit wäre, dann wäre ich nicht da, wo ich jetzt bin.« Und sie gingen gemeinsam hinaus, während mir zum Kotzen war. Ich hab den Hörer abgenommen und sofort den schicken Partyservice abgesagt. Dann habe ich eine neue Bestellung aufgegeben: Im Discount-Markt, ausschließlich Billigmarken.

Samstag, 18. März

Am liebsten würde ich einen Voo-Doo-Kurs belegen und ein Püppchen basteln, ganz in Leder gekleidet und mit hohen

* Gilt in Italien wie hierzulande Freitag, der 13. als Unglückstag (Anm. d.Ü.)

Stiefeln, das ich dann mit Zellulitis-Dellen und unheilbaren Allergien versehen würde. Ich wünsche mir, dass meine Gedanken so stark sind, dass sie auf dem Sessellift Durchfall bekommt, dann bei der ersten Abfahrt stürzt und den Glühwein vor einen smarten Dunkelhaarigen kotzt, der sie angewidert ansieht.

Sonntag, 19. März

Ich kann an nichts anderes denken als an die beiden: gemeinsam auf der Piste, in einem super-romantischen Chalet, an der Bar des Post-Hotels, wie sie Zabaione schlürfen und sich in die Augen sehen, und meine Galle rebelliert. Doch das Schlimmste ist, je mehr ich daran denke, desto logischer erscheint es mir: Das mega-coole und trendy Paar plus Super-Millenniums-Bonus sind füreinander wie geschaffen, und es ist nur natürlich, dass die dicke sentimentale Sekretärin in dieser Idylle nicht vorkommt, höchstens als dumme Idiotin, die noch dazu auf lächerliche Art in einen tollen Typen verliebt ist, der völlig außerhalb ihrer Reichweite ist. Eine, die jedes Wochenende vor dem Fernseher verbringt und bei der Live-Sendung ›Post für dich‹ zu Tränen gerührt ist. Ich möchte sterben. Ich will Nutella! Ich würde ja hinuntergehen und mir sofort ein Glas kaufen, aber natürlich ist heute Sonntag.

Montag, 20. März

Party für die Schlange. Zwischen Applaus und bewundernden Blicken ergriff Olivia das Wort: »Eine wirklich gute Idee kostet Stunden um Stunden angestrengter Arbeit. Ich habe schlaflose Nächte verbracht, bevor ich auf den Slogan kam, der Slim Ice zum Erfolg verhelfen wird: ›Das einzige Eis, das man sich nicht direkt auf die Schenkel streicht‹ wird in aller Munde sein, und ich bin sehr glücklich über den Lohn meiner harten Arbeit: den Gewinn des Etats und … diese Feier.« Applaus. Ich fühlte, wie mein Blut rauf und runter ging, rauf, runter, wie eine Achterbahn. Der Slogan ist ein Satz, der aus meinem Munde stammt. Ich habe ihn dieser falschen Ziege gesagt! Schlaflose Nächte, ja, weil sie sie mit Giulio verbracht hat, aber sicher nicht mit Arbeiten! Der Satz ist von mir … und sie bekommt alles dafür, Arbeit, Applaus und sogar Righi!! Ich rannte hinaus und hoffte, dass niemand meine Tränen bemerkte.

Dienstag, 21. März

Sieben Päckchen Papiertaschentücher und es ist erst vier Uhr nachmittags. Ich habe keine Lust, aus dem Haus zu gehen, mich zu waschen, zu essen oder auch nur aufzustehen, obwohl mein Bett mittlerweile aussieht wie eine bosnische Enklave nach einem serbischen Angriff. Genau so, wie ich mich fühle.

Mittwoch, 22. März

Ein weiterer Tag im Bett. Um mich und in mir ist es dunkel. Das Telefon klingelte mehrmals, doch ich bin im Streik, für alle. Vor allem für mich, die arme, romantische Sekretärin, belogen und betrogen. Das Flittchen, das ich spielte, war so erfolgreich wie Napoleon in Waterloo. Ich bin am Boden zerstört, keiner meiner Versuche führt zu etwas, nichts gelingt mir. Und jede weitere Niederlage schmerzt mehr, und es wird immer schwerer, sich davon zu erholen. Tante Nora würde jetzt sagen: ›Denk positiv‹. Leicht gesagt, wenn deine Arbeit demütigend ist, dein Liebesleben nicht existiert, die Einsamkeit dir die Luft nimmt und kein Ausweg in Sicht ist. ›Denk positiv‹!, dass ich nicht lache!

Freitag, 24. März

Wenn man denn unbedingt will, etwas Positives hat die ganze Sache doch: Seit drei Tagen lebe ich nur von Kamillentee. Einsam, belogen und betrogen, aber auch etwas schlanker. Schöner Trost.

Samstag, 25. März

Es klingelt an der Tür, aber ich habe keine Lust aufzumachen – als ich jedoch höre, wie jemand versucht, die Türe mit der Schulter einzudrücken, entschließe ich mich zu öffnen. Ein Mann stolpert herein, und ich stoße einen Schrei aus. »Aaah! Verdammt, sag doch was, wenn du die Tür öffnest, während ich mich gerade mit der Schulter dagegen werfe, um sie einzurennen!« Ich kann es nicht glauben: Es ist Giacomo. Er massiert sich die roten Haare, und sagt dann: »Na gut, auf jeden Fall lebst du noch.« »Was machst du hier?«, frage ich ihn und versuche, meine Haare und meinen Schlafanzug glatt zu streichen, die nach vier Tagen Streik aussehen, als kämen sie direkt aus *Nightmare*. »Ich habe versucht, dich anzurufen, nachdem du wie eine Verrückte aus der Agentur gerannt bist. Du hast nicht geantwortet, tagelang, und keiner wusste etwas – zum Schluss habe ich mir solche

Sorgen gemacht, dass ich deine Adresse in der Personalkartei herausgesucht habe und …« Er blickt sich um. »Schöne Wohnung. Die Fenster sind wohl seit dem letzten Bombenangriff '43 nicht mehr geöffnet worden?« Keine meiner Freundinnen macht sich Sorgen um mich, nur er, ein Fremder. Er reißt die Fenster auf, zieht die Decken vom Bett, als wäre er zu Hause, dann dreht er den Heißwasserhahn der Badewanne auf, während ich ihn ansehe, ohne ein Wort herauszubringen. »Ich weiß nicht, was passiert ist, doch es ist an der Zeit, wieder ins Reich der Lebenden zurückzukehren. Ich warte im Wohnzimmer auf dich, anschließend gehen wir etwas essen.« »Wer glaubst du denn, dass …« »Beeile dich. Ich habe nur ein Wochenende alle sieben Tage«, sagt er und schiebt mich ins Bad. »Ich will nicht essen. Ich bin auf Diät.« »Ab in die Wanne!« befiehlt er mit ironischem, doch unbeirrbarem Blick. Irgendetwas sagt mir, dass ich besser gehorche.

Sonntag, 26. März

Beim Essen habe ich den edlen Ritter Giacomo mit dem ganzen aufgestauten See voll Selbstmitleid überflutet. Der Heilige hörte sich geduldig, aber mit ironischer Miene die Geschichte von Olivia an und meinte dann: »Alle Kreativen stehlen, was glaubst du denn?« »Aber sie hat alle Verdienste eingeheimst, und auch Giul …« Ich beendete den Satz nicht, doch Giacomo meinte nur: »Du wirst doch nicht etwa mit einer so niederträchtigen Person wie Olivia wetteifern?« »Mit Sicherheit nicht, da hätte ich gleich von Anfang an verloren.« »Du bist verrückt! Du glaubst doch nicht, dass du weniger wert bist als diese kleine Karriereschlampe mit dem Geist eines Lampenschirms?« Wer weiß, warum, doch die Welt erschien mir plötzlich in einem besseren Licht. Angespornt durch das im Hintergrund laufende Sonntagsfernsehprogramm verbrachte ich Stunden damit, meine Wohnung zu putzen und nachzudenken. Mit jedem Spritzer Putzmittel ›mit dem neuen Frischeduft‹ (ich würde zu gerne wissen, wie der ›alte Frischeduft‹ war) wischte ich ein wenig von meiner Niedergeschlagenheit weg. Wer ist denn Olivia, dass es mir ihretwegen so schlecht geht? Wie konnte ich zulassen, dass sie so viel Macht über mein Leben gewann? Und wer ist eigentlich Giulio Righi? Na ja, er ist ein mega-cooler Typ, mit dem ich am liebsten von morgens bis abends zusammen wäre – doch das muss ja nicht unbedingt bedeuten, dass meine Laune so völlig von den beiden abhängt. Ich bin sehr zufrieden mit meiner Schlussfolgerung, die so klug, konstruktiv und logisch ist! Schade nur, dass mein Instinkt in einem anderen Land wohnt und eine andere Gehirnsprache spricht – doch es ist nie zu spät zum Lernen! Nicht wahr?

Montag, 27. März

Als ich in der Agentur anrief, antwortete Luana: »Gloria, wie geht es dir? Die Grippe, die zur Zeit umgeht, ist ziemlich übel.« Grippe? Das war genau die Entschuldigung, die ich mir ausgedacht hatte, aber ich hatte den Mund noch nicht mal aufgemacht! »Giacomo hat uns sofort Bescheid gesagt und er meinte, dass du immer noch Fieber hast. Geht's dir denn etwas besser?« »Ein wenig, vielen Ddank«, antwortete ich, eine verstopfte Nase mimend. »Sobald ich wieder auf dden Beidden bin, komme ich.« »Werde erst mal ganz gesund und ruh dich aus. Schöne Grüße von allen hier im Büro.« Als Luana ›ruh dich aus‹ sagte, rief eine Stimme in mir: »Warum nicht!?!« Okay, ich beschloss, den

Rest der Woche auch noch blau zu machen und die Zeit richtig zu genießen! Erleichtert verabschiedete ich mich von Luana. Wenn es Engel gibt, dann haben sie rote Haare.

Mittwoch, 29. März

Anna rief an: »Wo warst du denn?« »Was spielt das schon für eine Rolle, wenn es nach meinen Freundinnen gegangen wäre, hätte ich in aller Ruhe sterben können«, antwortete ich pikiert. »Entschuldige Gloria, doch Luca war mit beginnender Lungenentzündung im Krankenhaus, wir hatten eine schreckliche Zeit. Ich habe dich angerufen, aber du hattest nicht mal den Anrufbeantworter angestellt!« Mit einem Mal fühlte ich mich mit meinen Problemchen wie ein Wurm. »O Gott, entschuldige Annina.« »Nein, entschuldige du!«, sagte sie. »Nein, ich bin es, die …« Und wir erzählten uns, was alles geschehen ist. Luca geht es besser, er ist bei Fabrizios Eltern in Poppi, in der Toskana, wo die Luft gut ist. Das heißt, Anna ist frei bis Freitag, dann fahren sie und ihr Mann den Thronerben bei seinen Großeltern besuchen. Anna ist frei, und ich bin frei! Aufgeregt wie zwei Schiffbrüchige, nein: wie zwei Freimaurerinnen, hatten wir beschlossen, morgen den GANZEN TAG gemeinsam zu verbringen, erst ins Restaurant zum Mittagessen, dann ins Kino, wo wir uns dank Andy Garcia mit der ganzen Welt aussöhnen werden, dann zum Shopping, um auf ein eventuelles Treffen mit dem oben erwähnten Andy Garcia vorbereitet zu sein. Ich fange an, mich ein wenig wie im Urlaub zu fühlen.

Freitag, 31. März

Am Montag gehe ich wieder zur Arbeit, aber, um die Wahrheit zu sagen, die große Lust habe ich noch nicht. Einen Tag fühle ich mich so, als könnte ich alles schaffen, am nächsten meine ich, dass es für eine wie mich keine Hoffnung gibt und dass ich endlich aufhören sollte, mir etwas vorzumachen. Die Agentur flößt mir Angst ein, ich glaube, sie ist der Ursprung allen Übels. Was tun? Hier ist Darios Rat angesagt: Er ist der König aller Strategen, besser noch als Lina Sotis.

April
Wenn ich wiedergeboren werde, möchte ich gay sein

Samstag, 1. April

Ich rief Dario an. Es meldete sich der Anrufbeantworter: »Ciao, wenn ihr wollt, dass ich euch zurückrufe, dann gebt mir eure Intimmaße durch und stöhnt laut.« Pause. »Ha, ha, April, April! Nachrichten bitte nach dem Signalton.« Wenn Dario so geistreich ist, dann ist er verliebt. Auf jeden Fall war er nicht zu Hause, und so ging ich zum Friseur. Ich wollte mir die Haare waschen und föhnen lassen, um mich ein wenig besser zu fühlen. Da ich keine Lust hatte, durch die ganze Stadt zu fahren, ging ich in den Friseurladen in meiner Straße, den ich noch nie zuvor betreten hatte. Erst als ich schon fast im Salon war, bemerkte ich das Ladenschild: ›So … weiblich‹ stand da in rosa Neonlettern, gleich neben dem Kalender mit Pater Pio. Zielstrebig segelte der Ladenbesitzer direkt auf mich zu, schwarzes Ledergilet über dem fuchsiafarbenem Hemd und eine Frisur wie Mal von den Primitives, nur platinblond. »Ciao!«, rief er, »hast du einen Termin?« Ich sah mich um: Von den neun Frisierplätzen waren nur zwei besetzt, auf einem saß ein Mädchen mit einer eigenartigen Mixtur auf dem Kopf, auf dem anderen eine neunzigjährige Oma mit Lockenwicklern für eine Dauerwelle. Neben den freien Waschbecken standen drei Friseusinnen und kommentierten die letzte Ausgabe von

Novella 2000. »Ich wusste nicht, dass man sich anmelden muss«, sagte ich, während ich mich fluchtbereit Richtung Tür drehte. »Macht nichts!«, rief der Wilde Mal und versperrte mir den Weg. »Es ist das erste Mal, dass du zu Poldo kommst, es sei dir verziehen!« Ich konnte mich nicht zurückhalten: »Poldo?!?!«, rief ich und brach in Lachen aus. »Das ist mein Spitzname, mein eigentlicher Name gefällt mir nicht besonders.« Mein Gesicht war ein Fragezeichen. »Placido«, meinte er. »Wie mein Großvater. Placido Maria, um genau zu sein.« Ich sah Placido Maria, genannt Poldo, an und versuchte, mich zu beherrschen. Dann fiel mein Blick auf seine Frisur, die aussah wie die von Mal auf der Love Parade, und jede Anstrengung war umsonst: Ich musste einfach lachen. Am liebsten wäre ich versunken, doch Poldo ließ mir keine Zeit dazu – mit einem Seufzer schob er mich zum Waschbecken. »Schneiden, nicht?«, fragte er. »Mhm, ja, aber nur wenig, nur die gespaltenen Spitzen«, antwortete ich, während mir das Lachen auf den Lippen erstarb. Ich weiß nicht, ob es Rache war, oder ein Aprilscherz, jedenfalls begann Poldo wie ein Verrückter an meinen Haaren zu schnippeln! Ich versuchte ihn aufzuhalten, doch er meinte nur, er habe das Haarschneiden in London gelernt, als ob er damit irgendwelche Rechte über meinen Skalp erworben hätte. Am Schluss, als ich endlich den Mut hatte, mich im Spiegel anzusehen, traute ich meinen Augen nicht: Meine Haare waren KURZ, SUPER-KURZ, doch es sah GUT aus, vor allem jetzt, da meine Gesicht nicht mehr so pausbäckig ist!!! Wer hätte das gedacht? Placido Maria, genannt Poldo, stolzer Inhaber von ›So … weiblich‹ ist mein neues Idol.

Sonntag, 2. April

Dario kam heute Nachmittag vorbei und war begeistert von meinen neuen Look: »So hast du endlich Stil! Vorher sahst du aus wie die heilige Bernadette während einer Erscheinung, jetzt siehst du aus wie Jeanne d'Arc.« »Mhm, nach dem Scheiterhaufen«, sagte ich; dann erzählte ich ihm, was passiert war. Dario hörte zu, wie nur er es kann, schließlich fällte er sein Urteil: »Du hast ein enormes Selbstwertproblem! Es ist doch nicht möglich, dass du immer schon vom Start weg geschlagen bist! Schau mich an: Ich bin nicht schön, doch wenn ich es darauf anlege, dann bin ich unwiderstehlich.« »Neuer Freund?«, fragte ich. Rein rhetorische Frage, die Antwort war offensichtlich: ja! Wenn ich wieder geboren werde, möchte ich gay sein.

Montag, 3. April

Heute ging ich wieder zur Arbeit, und sogar der Junge von der Bar bemerkte, dass etwas anders ist mit mir – nicht nur die Haare! Während der Mittagspause, nach einem Joghurt und zwei Äpfeln, kaufte ich im Schweizer Messergeschäft an der Ecke einen Satz Taschenmesser. Dann ging ich zu Giacomo und legte sie ihm auf den Schreibtisch. »Für mich?«, fragte er, ehrlich erstaunt. »Für denjenigen, der die Seile durchschnitt, die mich fesselten«, antwortete ich; wenn ich dankbar bin, werde ich ein wenig pathetisch … Da auch die neue Gloria verlegen wird, lief ich schnell zurück an meinen Platz am Empfang. Hinter mir lachte Giacomo: »Du bist verrückt.« Man hörte, dass er sich freute.

Dienstag, 4. April

Olivia versucht, meinem Blick auszuweichen, sie weiß genau, dass sie sich beschissen verhalten hat. Ich hingegen bin ganz ruhig, als ob nichts gewesen wäre. Doch Darios Rat befolgend, lasse ich sie keine Sekunde aus den Augen, und während ich sie ansehe, stelle ich mir vor, dass sie auf dem Klo sitzt, in der Nase bohrt, Schweißfüße und Mundgeruch hat. Es ist zwar dumm, aber es funktioniert: Olivia ist offensichtlich verwirrt, und ich amüsiere mich königlich.

Mittwoch, 5. April

Olivia bringt mir ein Fax, und ich stelle mir vor, wie sie sich am Hintern kratzt. Sie gibt mir einen Brief, den ich tippen soll, und ich stell mir vor, wie sie kotzt. Sie bittet mich um einen Kaffee, und ich spucke in ihre Tasse. Nein, nicht in meiner Vorstellung, richtig mit Speichel.

Donnerstag, 6. April

Giulio hat angerufen. In knapp zwei Minuten lief mein Herz einmal um die ganze Welt, und ich wollte mich beruhigen, indem ich mir vorstellte, wie er auf dem Klo sitzt. Er sah wunderschön aus. Während ich nach einer anderen Methode suchte, fragte er mich: »Wo waren Sie denn die ganze Zeit, Gloria?« Er hat bemerkt, dass ich nicht da war!!! Und wer hat ihm eigentlich gesagt, dass ich Gloria heiße?!? Er muss sich nach mir erkundigt haben … O mein Gott!! Ruhig, ruhig, ich muss jetzt ganz als Neue Gloria handeln, ich muss mich sicher und super-cool fühlen, ich muss so denken wie ein Flittchen … Schließlich sagte ich: »Ich habe Urlaub genommen von der Dummheit um mich herum. Apropos, möchten Sie mit Signorina Rinaldi sprechen?« Ich weiß nicht, wie ich darauf gekommen bin, aber ich hab's gesagt! Sollen sie mich ruhig feuern: Ich bin cool. Den ganzen Tag lang klopfte ich mir selbst auf die Schultern, und schließlich war ich so zufrieden, dass ich eine grundsätzliche Lektion gelernt hatte: Man muss nicht perfekt *sein*, es genügt, es zu *glauben*.

Samstag, 8. April

Ich habe eineinhalb Konfektionsgrößen weniger, Größe 38 ist in Sicht. Der Gedanke, dass die Welt den Dünnen gehört, lässt mich vor Wut rasen, doch dass ich mich nun selbst dieser Welt nähere, macht mich glücklich ….

Sonntag, 9. April

Ein Nachmittag bei Cinzia, die endlich das Hochzeitsdatum festgelegt hat: 25. Juni. Wir unterhielten uns die ganze Zeit über die unvermeidlichen Bomboniere für die Hochzeitsgäste (die teuersten, hässlichsten und nutzlosesten Dinge der Welt), über den Ehevorbereitungskurs der Pfarrei (ihr Kurs beginnt wie folgt: ›Dienstag: Gott existiert.‹ Nur am Dienstag?), über Einladungen und Hochzeitsgäste. Dann die Überraschung! »Willst du meine Trauzeugin sein?« Schluck, damit hatte ich nicht gerechnet! Ich war zu Tränen gerührt, auch deswegen, weil Cinzia sagte: »Wenn du weiter abnimmst, findest du ja vielleicht jemanden, der dich begleitet.« Bei Cinzia weiß ich nie so recht, ob ich beleidigt oder froh sein soll.

Montag, 10. April

Heute wurde unserem Kunden der Slim-Ice-Spot mit *meinem* Slogan vorgestellt, und ich sah mir das Ganze von der Türe aus an (okay, ich gestehe: Ich sah mir vor allem Righi an). Ein weibliches Super-Model schleckt genüsslich ein Eis und blickt dabei einem männlichen Super-Model tief in die Augen. Die erotischen Anspielungen sind dabei keineswegs nebensächlich. Am Ende des Spots flüstert eine raue Stimme: »Slim Ice ... Das einzige Eis, das man sich nicht direkt auf die Schenkel streicht.« Und sie tut gut daran, es zu sagen, denn das Verhalten der beiden lässt als nächsten Schritt kulinarischen Sex erwarten. Giacomo schien mich bemerkt zu haben, nach der Vorstellung kam er an meinen Schreibtisch: »Was sagst du zu dem Spot?« »Tja, nett, aber ...« »Genau. Das war auch die Reaktion des Kunden: nett, ABER. Anders ausgedrückt, wir müssen uns umgehend einen anderen ausdenken. Schau dir diese Storyboards an und sag mir, was du davon hältst.« »Warum zeigst du sie mir?«, fragte ich. »Weil du dem Durchschnittspublikum entsprichst.« Pause. »Ach wo, war ein Scherz! Ist doch nicht möglich, dass du immer alles Ernst nimmst?« Na ja, wenn man sich *fühlt* wie eine Durchschnittsperson, dann ist es nicht so einfach, zwischen Ernst und Ironie zu unterscheiden ... Giacomo atmete tief durch und sagte ernst: »Ich bitte dich um deine Meinung, weil ich dem, was du sagst, vertraue: Du bist echt und kein aufgeblasener Snob, der jeder Modeströmung folgt.« Wir blickten beide nach links, zu Olivias Büro. Wie schön, wenn man verstanden wird! Die Geschichten für die Spots waren alle nett, okay, doch irgendetwas stimmte meiner Meinung nach nicht. Plötzlich wusste ich, was es war. »Entschuldige Giacomo, die Hauptdarstellerin des Spots ist so dünn.« »Na ja, es ist ja auch ein Diät-Eis.« »Genau. Eine

Dünne verzichtet entweder ganz aufs Eis, oder aber sie ist von Natur aus dünn, und alle, die Diät-Eis essen, hassen sie. Zeigt doch mal eine Mollige, sie muss ja nicht gerade fett sein, eine Normale eben, die Probleme mit ihrem Schenkelumfang hat. Was glaubst du denn, was für Schenkelprobleme eine Superschlanke mit langen Beinen hat?« Giacomo sah mich bewundernd an. »Gloria, weißt du, dass du ein Genie bist? Du hast Recht, wir brauchen eine pummelige Darstellerin, die genüsslich ein Eis verspeist, von dem sie nicht zunehmen wird! Ja, das gefällt mir! Du hast dir ein Essen mit mir verdient!« »Carramba! Und wann?«, antwortete ich lachend. »Wann du willst, Genie. Geht Samstagabend? Du schickst alle deine Fans weg, und ich führe dich zum Abendessen des Jahrhunderts aus.« Meine Fans ... Seit Monaten schon hat mich kein Mann mehr am Samstagabend zum Essen eingeladen! Plötzlich hörte ich mich gemeinsam mit allen molligen Frauen jubeln, die sich beim Anblick all der Dünnen in der Werbung überlegen, ob sie sich mit einem Gorgonzola-Gelage vielleicht das Leben nehmen sollen. Ruhig Blut, Mädels, Super Gloria wird euch ganz sicher befreien!

Freitag, 14. April

Abendessen oder nicht, das ist die Frage. Wenn ich endlich mal von einem Mann zum Essen eingeladen werde, auch wenn er nur ein Freund ist, heißt das, ich fühle mich wieder lebendig, aber: Ich kann meine Diät nicht einhalten. Wenn ich absage, nehme ich weiter ab und beweise meinen eisernen Willen, das Fundament für die neue Gloria. Ich überlege es mir.

Einen Teufel werde ich überlegen: Ich nehme ein Kilo zu, dafür fühle ich mich wieder wie ein Mensch! MORGEN GEHE ICH ESSEN, UND KEINER KANN MICH DAVON ABHALTEN!

Sonntag, 16. April

Der Abend mit meinem Lieblings-Art-Director war wunderschön – ich fühlte mich so wohl wie schon lange nicht mehr! Giacomo führte mich in ein Restaurant mit lombardischer Küche aus, denn wir haben entdeckt, dass wir beide die echte italienische Küche jedem Sushi und Sashimi oder anderem, was gerade ›in‹ ist, bei weitem vorziehen. Ich aß nur ein Hauptgericht, doch jeder Bissen des geschmorten Fleisches war reinster Nektar, und der Amarone, den Giacomo dazu ausgewählt hatte, schmeckte großartig! Wir unterhielten uns, als würden wir uns seit Jahren kennen, lästerten über die anderen in der Agentur und erzählten uns Geschichten aus unserem Leben. Schließlich haben wir beschlossen, die Zeit zwischen unseren festen Beziehungen miteinander zu verbringen! Was mich betrifft, so heißt das jeden Abend, aber das habe ich ihm nicht gesagt: Er glaubt, ich habe jede Menge Verehrer. Und die Illusion möchte ich ihm nicht nehmen.

Montag, 17. April

St. Anicetus. Wie kann man einen Sohn nur Anicetus nennen? Das bleibt in diesem Fall wohl ein Geheimnis des Glaubens.

Dienstag, 18. April

Super-Righi hat angerufen. Ich glaube, wenn es einen Oscar für die beste Stimme gäbe, dann würde er ihn gewinnen. »Guten Tag, Gloria. Alles klar?« Natürlich, jetzt, da ich mit dir spreche, wollte ich ihm sagen, aber mit einem Seufzer meinte ich: »Ich gebe Ihnen Signorina Rinaldi.« »Und wenn ich aber mit Ihnen sprechen wollte?« Zum Glück stand der Stuhl fest auf seinen vier Beinen, und so fiel ich nicht auf den Boden. Meine Antwort war nicht gerade brillant: »M-m-it m-m-ir?«, stammelte ich. »Ja, mit Ihnen.« Ich wagte nicht zu atmen, und mein Blut stand still. »Ja?«, flüsterte ich schließlich. »Könnten Sie mir die letzten Arbeiten, die für uns gemacht wurden, in einen Umschlag stecken? In einer halben Stunde schicke ich Ihnen einen Fahrradkurier, der die Unterlagen abholt.« »Ja ... natürlich«, antwortete ich mit dünner Stimme. Umschlag, Fahrradkurier ... und ich, die wie ein Kugelfisch nach Luft schnappte in Erwartung von was weiß ich was! Ich bin mir selten so blöde vorgekommen.

Mittwoch, 19. April

Weißt du was, Signor Righi oder Dr. Righi, wie auch immer? Du siehst tatsächlich hinreißend gut aus, aber du bist ein großes Arschloch.

Donnerstag, 20. April

Ich habe mich noch immer nicht von meiner Blamage am Dienstag erholt. Ich muss bei Righi wirklich den Eindruck eines bis über beide Ohren verliebten Teenagers hinterlassen haben, dass er mich so zum Besten hielt. Glücklicherweise rief heute Tante Nora an und bat mich, sie zu Ostern zur Kur zu begleiten. Zu dumm, jetzt muss ich meine Ferien mit Andy Garcia auf den Fidschiinseln absagen ... Ha ha ha, davon kenne ich noch jede Menge.

Freitag, 21. April

Giacomo hat allen in der Agentur Ostereier mitgebracht. Meines war eine Art lachendes Kaninchen mit riesigen Pelzohren. »Das ist das Hässlichste, was ich seit Jahren gesehen habe!«, rief ich und brach in Lachen aus. »Aber es hat dich zum Lachen gebracht! Du siehst aus, als würde dir das gut tun.« »Was bist du? Ein Zauberer?« »Ich habe den sechsten Sinn. Schade nur, dass mir die anderen fünf fehlen!«, antwortete er und fügte hinzu: »Stammt nicht von mir, das hat Red Skelton gesagt. Frohe Ostern!« Auch ich wünschte ihm Frohe Ostern, doch die Frage, die mir auf der Zunge brannte, habe ich ihm nicht gestellt: Wer zum Teufel ist Red Skelton?

Sonntag, 23. April

Tante Nora und ich sind gestern bei Einbruch der Dämmerung losgefahren, nachdem wir sorgfältig eine möglichst intelligente Abfahrtszeit geplant hatten. Nach einer Nachtfahrt auf der Autobahn sind wir frühmorgens im Hotel angekommen. In dem Augenblick, als mehr oder weniger ganz Italien mit uns im Stau stand, habe ich begriffen, dass wir alle Genies sind: Wir planen alle intelligente Abfahrtszeiten. Im Kurbad erholten wir uns wunderbar. Wer wie ich für drei Tage kommt, entspannt sich wie ein Pascha: Massagen, Inhalationen, Schwimmen im warmen Becken. Wer einen ganzen Monat bleibt, kommt sicher wieder ganz schön in Form, aber er stirbt vor Langeweile. Durchschnittsalter: neunzig Jahre. Hauptvergnügen: der Spaziergang vom Hotel zum Kurzentrum. Höhepunkt des Tages: Tanzmusikkonzerte mit Bands, die so hinreißende Namen tragen wie ›Pino Fagiuolo und seine großartigen Bläser‹. Beim Mittagessen am Ostersonntag habe ich ganz schön über die Stränge geschlagen und Tortellini und Osterkuchen verschlungen, während mir die liebenswürdigen Tischnachbarn zahnlos zulächelten. Na ja, ich übertreibe. Auf jeden Fall fühle ich mich hier unwahrscheinlich jung und schön! Ab morgen ist aber wieder Diät angesagt.

Dienstag, 25. April

Bei der Kur ging es mir sehr gut, doch als ich heute Abend nach Hause kam, fühlte ich mich schrecklich einsam. Seit beinah zweieinhalb Jahren habe ich kein Fitzelchen einer Beziehung, mal abgesehen von dem Skilehrer, der mich voriges Jahr auf dem Sessellift küsste, um dann auf der Piste zu verschwinden, als er mich im Schneepflug abfahren sah. Was ist verkehrt an mir? Warum will mich keiner? Und vor allem, warum sind alle Männer über dreißig entweder verheiratet oder aber sie waren es und haben keine Lust mehr auf eine feste Beziehung? Und wo, verdammt noch mal, ist der dunkelhaarige Mann aus den Karten? Zum Teufel mit der Diät, ich brauche Nutella.

Mittwoch, 26. April

Gestern war ich bei Anna und Fabrizio zum Essen. Luca hatte eine Kolik oder eine hysterische Krise, oder was weiß ich, auf jeden Fall schrie er den ganzen Abend lang ununterbrochen. Die beiden versuchten verzweifelt, ihn zu beruhigen, möglichst bevor das Kind – nach dem Selbstmord der Eltern – zum Waisen würde, und ich betrachtete sie mit sehnsüchtigem Blick, so sehr wünschte ich mir eine eigene Familie. Ja, ich muss zum Psychologen.

Donnerstag, 27. April

Da der Psychologe zu teuer kommt, habe ich mir ein Buch gekauft mit dem Titel ›*Dreißig, single und glücklich*‹. Dem Buchhändler murmelte ich in wenig überzeugendem Ton zu: »Ist für eine Freundin.« Ich fühlte mich wie ein Mann, der Viagra kauft, nicht unbedingt ein gutes Gefühl. Vielleicht hätte mich der Name der Autorin gleich stutzig machen sollen: Petula Papp. Erstens wendet sie sich per Du an ihre Leserin, und dabei waren wir noch nie gemeinsam essen. Zweitens zitiert sie die unglaublichsten Fälle von Amerikanerinnen, die hysterisch und verrückt werden, nur weil sie über dreißig sind. Am Ende jeder Geschichte stehen Petulas Kommentare, wie zum Beispiel: ›Siehst du? Shelley hat, wie Du, dem Schönheitschirurgen zu sehr vertraut und nun sieht sie aus wie Elephant Man‹. Wer hat denn schon mal einen Schönheitschirurgen zu sehen bekommen, liebe Petula?!?

Samstag, 29. April

Petula scheint in Neurodisney zu leben. Hier ist einer ihrer typischen Single-Unglücksfälle: Bamby heiratet Alan, aber nur weil sie in seinen Bruder, einen Priester, verliebt ist. Sie haut mit ihrem Töpfer-Lehrer ab, um ihm dann all seine Kunstvasen an den Kopf zu werfen, weil sie ihn mit einer anderen Keramik-Schülerin im Bett findet. Daraufhin beschließt sie, mit jedem männlichen Amerikaner, dem sie begegnet, ins Bett zu gehen, weil ›sie das Vertrauen in die Männer verloren hat‹, und noch heute ist sie die Gefahr Nummer 1 für alle verheirateten Frauen von Albuquerque, Texas. »Siehst du, wie die Furcht vor der Einsamkeit dich dazu bringen kann, zu viele sexuelle Beziehungen zu haben? Wie wird Bamby je den richtigen Mann finden?« Genau so, liebe Petula: Indem sie alle ausprobiert! Nenn sie ruhig dumm, aber …

Sonntag, 30. April

Ich habe das Buch zu Ende gelesen, in dem Petula mir rät, nicht in Trostlosigkeit zu verfallen, sondern eine Reise auf die Bahamas zu machen, wo die Sonne und das Fünf-Sterne-Hotel dafür sorgen, dass mein Gemüt sich wieder erhellt (nein, wirklich?). Sie rät mir, meinen Kummer nicht mit Kasino-Besuchen in Las Vegas zu betäuben (wo ich offensichtlich jeden zweiten Tag hingehe), da man mit dem Spielen Geld verliert (tatsächlich?). Sie fordert mich auf, regelmäßig ins Fitness-Studio und in den Schönheitssalon zu gehen, ›damit ich mich besser in meiner Haut fühle‹ (das Geld dafür gibst du mir, Petula, nicht wahr?). Doch Petula Papps Ratschlag Nummer 1, der wahre Knüller des Buches ist: Warte solange bis der richtige Mann kommt und heirate ihn. Genial.

Mai

Irgendwie fühle ich mich ein wenig einsam

Montag, 1. Mai

Ich liebe den ersten Mai, wenn er auf einen Wochentag fällt! An diesem faulen freien Montag habe ich lange über Petula Papps Meisterwerk nachgedacht. Nun, wenn eine derartige Null sich hinsetzt, einen Haufen Scheiße schreibt, dafür BEZAHLT und noch dazu in einem Land wie Italien übersetzt wird, wo man davon ausgehen kann, dass die Hausfrau aus Vigevano mehr Verstand hat als ihr Pendant in Nebraska, nun, dann könnte ich es ja auch versuchen. Wenn sogar Pamela es geschafft hat! Es ist so tröstlich, ein wenig zu träumen …

Dienstag, 2. Mai

In der Agentur gärt es: Die Probeaufnahmen für die neue Slim-Ice-Werbung stehen an. Die Casting-Frau sitzt zwischen Stapeln von Fotos, Kannen von Kaffee müssen gemacht werden. Ich denke an all die Gesichter auf dem satinierten Papier, die verzweifelt versuchen, interessant auszusehen, und bin beinah zufrieden mit meinem Job als Sekretärin.

Mittwoch, 3. Mai

Ich habe Giacomo von Petula Papp erzählt. »So ein Meisterwerk darf ich mir eigentlich nicht entgehen lassen!«, rief er lachend. »Ja, genau.« Grüßend zog ich ein Päckchen aus der Tasche. »Alles Gute zum Namenstag!« Giacomo fiel aus allen Wolken. »Mein Namenstag¿¿ Wusste ich gar nicht! Du bist echt stark, Gloria! Nein ... das Buch von Petula Papp!! Ich hätte niemals den Mut gehabt es zu kaufen!« »Der Buchhändler denkt sicher, dass ich ein hoffnungsloser Fall bin. Zwei solcher Bücher in sechs Tagen!« »Du bist klasse!« sagte Giacomo lächelnd. »Und morgen Abend kommst du zu mir zum Abendessen. Ja oder ja¿«

Donnerstag, 4. Mai

Giacomos Wohnung sieht aus wie die Buchhandlung Rizzoli in New York: ein MEER von Büchern. Ich blieb mit offenem Mund stehen: »Hast du die denn alle gelesen¿« »Nee, die sind nur Deko. Natürlich habe ich sie gelesen!« Ich fühlte, wie ich im Sumpf meiner Unbildung versank. »Mach nicht so ein Gesicht«, fügte er sofort hinzu. »Mit dem Lesen ist es wie mit den Kartoffelchips: Fängst du erst mal an, dann kannst du nicht mehr aufhören. Du musst nur mit dem richtigen Buch beginnen. Alles Gute zum heutigen Tag!« Damit überreichte er mir ein Paket mit dem *Bildnis einer Dame* von einem gewissen Henry James. Ein Buch mit weiß ich wie vielen Seiten, und ganz klein gedruckt! »Hm, danke«, murmelte ich nicht sehr überzeugend, während ich mit Schrecken daran dachte, dass ich das Buch nun lesen musste. »Du wirst dich bedanken, wenn du es gelesen hast. Jetzt essen wir erst mal!« Gegrilltes Steak und Salat, weil ich auf Diät bin. Es ist nett von ihm, aber vielleicht wäre ich doch besser zu Hause geblieben.

Freitag, 5. Mai

Tag der Probeaufnahmen. In der Agentur wimmelte es nur so von Möchtegern-Schauspielerinnen, alle im Minirock und figurbetonendem Body, alle ein wenig übergewichtig. Sie standen im Eingang mit betont cooler Miene und erzählten sich von Probeaufnahmen, die ›sehr gut gelaufen sind, aber ich habe noch keine Antwort‹ und davon, dass sie ›echt gefallen haben, das hat mir der Agent gesagt, aber sie mussten eine andere nehmen, weil die eine Empfehlung hatte‹. Unter der dicken Schicht Make-up sah man, wie angespannt sie waren. Am Ende des Tages waren immer noch dreißig übrig, und die Casting-Frau musste zu einem Arbeitsessen. »Was mache ich jetzt¿ Was soll ich tun, morgen ist Samstag, und die Agentur ist geschlossen!«, schrie sie, einem Nervenzusammenbruch nahe. »Wenn der Chef einverstanden ist, könnte ich ja morgen kommen und die Agentur aufsperren«, sagte ich spontan. »Wirklich¿¿« Sie sah mich mit großen, hoffnungsvollen Augen an. Zu spät für einen Rückzug. »Klar. Meine Verabredung fürs Wochenende ist ohnehin geplatzt.« Die Casting-Frau gab mir einen dicken Kuss. Ich bin ganz schön gutmütig, das heißt ganz schön doof.

Samstag, 6. Mai

Da heute nur die Casting-Frau, ein Kameramann und ich in der Agentur waren, blieb ich im Besprechungsraum und sah bei den Probeaufnahmen zu. Es war kaum zu fassen: Die Mädchen schienen alle bei Valeria Marini Schauspielunterricht für sexy Dummchen genommen zu haben. Irgendwann wurde es Lucia, der Casting-Frau, mit der ich mich inzwischen duzte, zu viel. »Ich gehe mal kurz in die Bar. Ich muss raus hier.« »Wenn du willst, mache ich inzwischen weiter«, bot ich ihr an. Und so nahm ich die Sache in die Hand. Ich versuchte, den vor der Kamera völlig unglaubwürdig wirkenden Mädels den Spot zu erklären, bis ich ihnen, angesichts des x-ten leeren Blicks, die Szene vorspielte – für das bisschen Natürlichkeit brauchte es wirklich keinen Oscar! Das Erstaunlichste war, dass die Probeaufnahmen nun wirklich glaubwürdiger gerieten! Entweder habe ich eine Zukunft als Regisseurin oder aber ich war so grauenhaft, dass die anderen es nur besser machen konnten.

Sonntag, 7. Mai

Dieses *Bildnis einer Dame* ist wirklich nicht schlecht! Ich habe ein wenig Zeit gebraucht, in die Atmosphäre einzudringen, auch deshalb, weil der Autor aus dem 19. Jahrhundert genauso schreibt, wie es im 19. Jahrhundert eben üblich war; alle hatten viel mehr Zeit als wir heute und gingen die Dinge in Ruhe an. Nach einigen Seiten begann auch ich, die Dinge in Ruhe anzugehen und mit Genuss zu lesen, was geschah, wobei es sich mehr um Gedanken als um Action handelt. So drang ich allmählich in Isabel Archers Kopf ein, und am Ende schien ich mich sogar mit ihr zu bewegen. Ein komisches Gefühl, aber wunderschön, ein wenig wie damals, als ich *Jenseits von Afrika* im Kino gesehen habe.

Dienstag, 9. Mai

Ich habe mit Anna telefoniert und ihr von dem Buch von Giacomo erzählt. Sie hatte schon davon gehört und sagte, dass sie es seit langem lesen wollte; nun, da ich sie daran erinnerte, hatte sie Lust, sofort damit zu beginnen. Mit einer Freundin wie Anna fühlt man sich nie allein.

Mittwoch, 10. Mai

Termin bei Giangi: Ich habe zehn Kilo und dreißig Gramm abgenommen! Ich kann es nicht glauben! Giangi hat mir eine einmonatige Diät verordnet, um das Gewicht zu halten, dann bin ich FREI! Klar, dass ich jetzt versuchen werde, mich nicht wieder auf Nutella zu stürzen – zumindest nicht jeden Tag.

Donnerstag, 11. Mai

Nicht möglich: Kaum habe ich begonnen, nicht mehr 24 Stunden am Tag an Righi zu denken, ruft Er, der mythische Giulio mich an. Kein vages ›Er hat angerufen‹, sondern ›Er hat MICH angerufen‹!! »Ich muss mit Ihnen sprechen, Gloria. Können Sie morgen um drei zu uns kommen?« »M...morgen um drei arbeite ich«, murmelte ich mit völlig ausgetrocknetem Mund. »Machen Sie sich deshalb keine Sorgen, ich habe schon mit Arnaldo gesprochen, das geht in Ordnung.« Ich brauchte etwas Zeit, bis ich begriff, dass ›Arnaldo‹ mein Großer Chef ist. »Entschuldigen Sie, ich habe ein anderes Gespräch in der Leitung, ich muss es jetzt kurz machen. Wir sehen uns dann morgen!« »Aber warum ...« fing ich an, doch er hatte bereits aufgelegt. Ich glaube, bis morgen werde ich mindestens fünfzehnmal in Ohnmacht fallen. Vielleicht gar sechzehnmal.

Freitag, 12. Mai

»Bitte, setzen Sie sich«, sagte Giulio mit einem Lächeln, das mich an den Rand des Infarkts brachte. Ist es denn möglich, dass er jedes Mal noch besser aussieht als in meiner Erinnerung? »Der Haarschnitt steht Ihnen ausgezeichnet, er ist wie geschaffen für Sie!« Ich lächelte krampfhaft und suchte vergeblich nach einem brillanten Satz. Das Neue Flittchen schien im Ausland zu sein, und vor dem Märchenprinzen saß Schneewittchen. »Kaffee?« fragte er. Ich wollte schon aufstehen, um mich darum zu kümmern, als mir einfiel, wo ich war. »Ja, gerne«, murmelte ich. »Wir haben uns die Probeaufnahmen angesehen.« O Gott, jetzt kommt's, ich muss was ganz Schreckliches gemacht haben, wahrscheinlich habe ich aus Versehen die Hälfte der Aufnahmen gelöscht. »Möchten Sie nicht unser Slim-Girl sein?« Mein verblüfftes Gesicht brachte ihn zum Lachen, dann meinte er: »Die einzige glaubwürdige Darstellerin waren Sie, als sie versuchten, den Mädchen zu zeigen, was sie zu tun hätten. Was sagen Sie dazu?« »Ich … ich … weiß nicht, ich wusste gar nicht, dass ich auch aufgenommen wurde …« »Fünf Millionen Lire pro Drehtag und sechs Monate lang Verwertungsgebühren von den wichtigsten Fernsehsendern«, unterbrach er mich. »Sie werden doch nicht Nein sagen, nicht?«

»Denken Sie darüber nach«, meinte er, während ich kein einziges Wort herausbrachte. »Montag früh erwarten wir Ihre Antwort.« Dann blickte er mir in die Augen und fügte hinzu: »Ich hoffe wirklich, dass Sie Ja sagen.« Wie oft hatte ich davon geträumt, dass Giulio mir einen solchen Satz sagt, wenn auch nicht gerade unter diesen Umständen. Was soll ich tun? Ich bin keine Schauspielerin, ich habe nur erklärt, wie der Spot sein sollte, ich werde ihn nie wieder so hinkriegen. Hier ist dringend Krisenberatung angesagt. Mit meinen Freundinnen, und mit dem Göttlichen.

Sonntag, 14. Mai

Tee bei mir zu Hause: Es sind alle gekommen. Daniela, Anna, Cinzia und der Göttliche. Mein Herz geht vor Dankbarkeit über, während ich ihnen zusehe, wie sie mit einer Sektflasche durch meine Wohnung hüpfen und dummes Zeug rufen, wie: »And the Oscar goes to … Gloria Gentile.« »Hört doch mal zu, ich bin nicht in der Lage …« begann ich, doch alle übertönten meinen Einwand: »Natürlich bist du in der Lage!«, rief Anna. »Für fünf Millionen am Tag kann das auch mein Großvater!«, meinte Cinzia, die Süße. »Die Leute werden dich auf der Straße aufhalten … dich um Autogramme bitten!«, fantasierte Daniela. Ich sah Dario an. »Das ist der beste Haken, um dir Righi zu angeln«, überlegte Dario, »von den ganzen Mädels hat er dich ausgewählt, was Besseres konnte dir nicht passieren. Wenn du den Job nicht annimmst, brauchst du mich nie mehr um einen taktischen Rat zu bitten.« Am Schluss und nach all dem Spumante, den ich intus hatte, lautete das Ergebnis:

1) Ich war beschwipst genug um anzunehmen.
2) Ich hatte mindestens ein Kilo zugenommen: perfekt den für Slim-Ice-Spot.

Montag, 15. Mai

Neun Uhr dreißig, Anruf bei Righi. »Ich dachte, dass es ganz amüsant sein könnte, es auszuprobieren«, sagte ich, wobei ich versuchte, mich an die Flittchen-Stimme zu erinnern. »Sehr gut! Ich war sicher, dass Sie zusagen würden! Ich schicke Ihnen sofort den Vertrag. Wir sehen uns kommenden Mittwoch, um den Spot zu drehen, vorausgesetzt, es regnet nicht. Die Kostümschneiderin wird sich wegen des Outfits mit Ihnen in Verbindung setzen. Wenn Sie Fragen haben, können Sie mich jederzeit anrufen.« Okay, in einer Minute, dachte ich grinsend. Unglaublich. Unglaublich! Ich ging schnurstracks zu Giacomo. »Weißt du, wen sie für den Slim-Ice-Spot ausgewählt haben? Halt dich fest: MICH!!« Giacomo sah mich verblüfft an, dann umarmte er mich und rief: »Gloria ist unser Slim-Girl! Gloria ist unser Slim-Girl!!« Alle kamen aus ihren Höhlen, auch Olivia. »Sie?!«, fragte sie Giacomo und sah mich ungläubig an. »Ja, ich«, antwortete ich und fixierte sie. »Wie's scheint, gelingt mir der Spot so gut, als hätte ich nie was anderes gemacht.« Olivia wurde blass und ging sofort in ihr Büro zurück, ohne auch nur ein weiteres Wort zu sagen, während Giacomo meinte: »Gimme five, Gloria, du bist einfach super.« Na ja, vielleicht bin ich's wirklich.

Dienstag, 16. Mai

Als ich heute Abend mit Anna telefonierte, sprachen wir über das *Bildnis einer Dame*, nachdem wir die letzten Neuigkeiten ausgetauscht hatten. Es stellte sich heraus, dass wir beide Ralph ganz toll finden, der so hinreißend kränklich und sensibel ist. Isabel Archer ist uns beiden sympathisch, weil sie einen eisernen Willen hat, doch sie scheint auch etwas langsam von Begriff zu sein, was ihre nähere Umgebung betrifft, und den Diktaten ihrer Zeit ein wenig zu hörig. »Aber, so anders sind wir auch nicht«, meinte ich, und wir fanden eine ganze Reihe von Vergleichen, bis wir zum Schluss kamen, dass im Grunde für die Frauen immer alles schwieriger ist. Es war das befriedigendste Gespräch seit Monaten. Giacomo hatte Recht, als er sagte, dass es fast wie eine gemeinsame Reise ist, wenn man das gleiche Buch liest!

Donnerstag, 18. Mai

Die Kostümschneiderin hat heute angerufen. »Welche Konfektionsgröße tragen Sie?« »38, na ja, vielleicht auch 39«; antwortete ich ziemlich stolz. Danke Giangi, dachte ich. Und gleich darauf: Ach was, danke, Gloria!!!

Freitag, 19. Mai

Freitagabend, allein vor dem Fernseher. Ich habe nichts vor, nicht mal einen Anruf. Gerade als ich anfange, depressiv zu werden, fällt mir wieder ein, was für ein Gesicht Olivia gemacht hat und dass ich aus einer Schar von wer weiß wie vielen Mädchen ausgewählt wurde, ohne auch nur im Traum daran zu denken, mich für den Spot zu bewerben, und dass mich ausgerechnet der Mann ausgewählt hat, der mir schlaflose Nächte bereitet, und dass meine Freunde da waren, als ich sie brauchte. Und außerdem fällt mir ein, dass ich eine Verabredung mit Isabel Archer habe, die mir von einem wunderbaren Freund mit roten Haaren ›vorgestellt‹ wurde.

Und auf einmal erscheint mir dieses Wochenende allein zu Hause wie ein wunderschönes Geschenk.

Samstag, 20. Mai

Ich habe Tante Nora angerufen und sie gefragt, ob wir morgen gemeinsam essen wollen. »Wie schön, dass du mich mal darum bittest! Manchmal habe ich das Gefühl, ich bin die alte Tante, die man besuchen muss!« »Tante, du bist ja noch schlimmer als ich in Sachen Selbstwertgefühl! Du weißt doch, dass ich dich wirklich mag.« »Na ja«, brummte Tante Nora. Gefühle zu zeigen, war noch nie ihre Stärke. »Was möchtest du denn essen?« Plötzlich hatte ich eine Idee. »Was *du* möchtest, Tante! Morgen gibt's keine Kocherei, du bist eingeladen ins Restaurant. Wir fahren zum Essen an den See! Um elf hole ich dich ab.« Tante Nora sträubte sich erst ein wenig, doch es war klar, dass sie sich freute. Und ich hatte wirklich Lust, den Sonntag mit ihr zu verbringen. Das haben wir uns beide verdient.

Sonntag, 21. Mai

Ein Tag so schön, dass man ihn einrahmen müsste! Der See lag wunderbar im Sonnenlicht, das Restaurant, das Daniela mir empfohlen hatte, war einfach super: Wir saßen im Freien, unter einer Pergola. Tante Nora war ganz begeistert von der Geschichte mit dem Werbespot. »Das ist ja wie im Fernsehen.« Und sie erzählte mir die letzten Neuigkeiten von den drei TV-Serien, die sie täglich sieht, und die ich dank ihrer Erzählungen so gut kenne, als hätte ich sie selbst gesehen. So endete ein sonniges Mittagessen mit Diät-Eis,

Jo-Beth, Jeremy und Juan Mariano. Was für ein denkwürdiger Mai!

Montag, 22. Mai

Mittwoch, der Tag an dem der Spot gedreht wird, rückt näher. Allmählich wird mir angst und bange. Warum nur habe ich zugesagt¿ Es wird schrecklich sein, ich werde mich an nichts erinnern, ich werde mich verhaspeln und vor allen Bauchkrämpfe mit Durchfall bekommen, mein Kleid wird mit einem hässlichen RAAA am Po aufreißen, und den ganzen Spot über wird mir ein Spinatblatt zwischen den Schneidezähnen hängen, ohne dass ich es bemerke. Ich will nicht bei diesem verdammten Spot mitmachen. Warum nur habe ich jemals zugesagt!¿!

Mittwoch, 24. Mai

Zack, und schon wird gedreht! Ein Visagist mit magischen Fähigkeiten schminkt mir in einer Stunde zehn Jahre weg, und das Kostüm, das die Kostümbildnerin für mich ausgewählt hat, sitzt wie angegossen und steht mir ausgezeichnet. Da ich nun wirklich nicht mehr aussehe wie ich selbst, fange ich allmählich an zu glauben, dass ich es schaffen könnte – bis Giulio auf dem Set erscheint, sportlich gekleidet und schöner denn je. Ich bin natürlich wie gelähmt, doch er kommt auf mich zu, überhäuft mich mit einer Tonne seines Charmes und sagt: »Du siehst prachtvoll aus. Alle Frauen werden Slim Ice kaufen, nur damit sie so aussehen wie du!« Zauber des Make-ups: Righi hat mich sofort geduzt, als er mich in meiner Aufmachung als Filmsternchen sah! Ich erhebe mich von meinem Stuhl, nein, ich befreie mich von ihm und fühle mich plötzlich perfekt, ich werfe ihm ein Lächeln à la Michelle Pfeiffer (zumindest theoretisch) zu und entferne mich wie in Trance, mit seinem Blick auf meinem Rock.

Donnerstag, 25. Mai

Es erscheint mir immer noch wie Traum: Es lief wunderbar, wunderbar!! Ich weiß nicht einmal genau, was ich gemacht habe, ich weiß nur, dass am Ende alle lächelten und unheimlich freundlich zu mir waren, und Giulio küsste mir die Hand und sagte dazu »Danke« wie in einem amerikanischen Film. Ich bin noch immer so außer mir, dass mir als Einziges einfällt: Heute ist der 25. Mai, St. Buda. Ist Buda ein männlicher oder ein weiblicher Heiliger? Das Leben ist voll von ungelösten Fragen. Morgen Abendessen mit meinem Magischen Quadrat: Anna, Daniela, Dario und Cinzia. Da auch Fabrizio, Annas Mann dabei ist, habe ich Giacomo gefragt, ob er auch kommen möchte, doch wenn ich recht verstanden habe, hat er ein amouröses Wochenende geplant. Ich war fast ein wenig beleidigt – er hat doch sonst immer Zeit, so dass mir nie in Sinn kam, dass er ein Liebesleben haben könnte. Es ist natürlich auch möglich, dass er schwul ist, wer weiß das schon … Hmm, da sieht man, dass wir uns doch nicht so gut kennen.

Samstag, 27. Mai

Gestern Abend in der Pizzeria waren wir so laut, dass ich mich noch immer frage, warum sie uns nicht hinausgeworfen haben! Heute habe ich mir einen genüsslichen freien Tag gemacht, das Anstrengendste daran war die Vorbereitung für ein duftendes Schaumbad, in das ich mit Henry James eingetaucht bin. Oder besser gesagt, mit seinem Buch. Wer weiß warum, aber irgendwie fühle ich mich ein wenig einsam.

Sonntag, 28. Mai

Ende des Buchs. Verdammt, wie traurig. Wie konnte Isabel nur so blind sein? Ich bin echt sauer auf Henry James, und ein wenig auch auf Giacomo. Ich wünschte, Isabel würde jetzt vor mir auftauchen und ich könnte sie schütteln, bis die Konventionen von ihr abfallen, aber weil das nicht geht, bin ich tatsächlich frustriert. Jetzt rufe ich Giacomo an und sag ihm meine Meinung.

Er war nicht zu Hause. Ich habe dem Anrufbeantworter meine Meinung gesagt.

Montag, 29. Mai

»Du kannst das doch nicht so ernst nehmen, Gloria, es ist nur ein Buch!«, sagte Giacomo, als ich ihn heute Morgen ansprach. »Ja, aber verdammt nochmal, es kann doch nicht einfach so enden!« Allmählich kam ich mir selbst ein wenig lächerlich vor, aber irgendwie hatte ich eine Wut auf ihn, und die wurde ich so schnell nicht los. Ich weiß nicht warum, aber heute ging mir sein ironisches Gesicht auf die Nerven. »Das nächste Mal kannst du mir gleich ein Buch über Selbstmord schenken, dann ist meine Laune definitiv k.o.!«

Er sah mich überrascht an. »Hat es dir denn wenigstens gefallen?«

»Ja, sehr! Deswegen bin ich ja so aufgebracht über das Ende!« Er lachte und ließ mich stehen, und ich war noch wütender und kam mir noch dämlicher vor.

Mittwoch, 31. Mai

Gestern fand ich auf meinem Schreibtisch ein Paket und ein Kärtchen: »Hiermit hoffe ich, die Schäden zu beheben, die ich deiner sensiblen Seele zugefügt habe. Bist du mir noch immer böse? G.« In dem Päckchen war ein Buch, diesmal ein kleines: *Mit brennender Geduld* von einem gewissen Antonio Skàrmeta. Ich las den ganzen Abend darin, mit einem lachenden und einem weinenden Auge; um zwei Uhr nachts hatte ich es zu Ende gelesen, ohne auch nur einmal zu unterbrechen. Ich war wie berauscht. Eine wunderschöne Geschichte!! Es ist das Buch, nach dem *Der Postmann*, der letzte Film mit Massimo Troisi gedreht wurde, den ich aber noch nicht gesehen habe. Ich wollte Giacomo anrufen, und ihn um Entschuldigung bitten, aber es war schon zu spät. So habe ich ihm heute Morgen ein Kärtchen auf den Schreibtisch gelegt: »Der Postbote hat nur gute Nachrichten gebracht... und einen Entschuldigungsbrief für Dich mit einem Essensgutschein für das Restaurant Gentile – wann immer Du willst.« Doch heute war Giacomo nicht in der Agentur.

Juni

Ohnmächtig wird man am besten im Bett

Freitag, 2. Juni

Endlich ist der Juni da! Es gibt keinen schöneren Monat als den Juni, mit seiner warmen, aber nicht zu warmen Luft, seinen sonnigen, aber nicht zu sonnigen Tagen, und der ganze Sommer liegt noch vor einem! Ich wäre gerne im Juni geboren, aber natürlich fällt mein Geburtstag auf einen strahlenden achten November, an dem es meistens wie aus Eimern gießt. Heute hingegen ist einer jener Tage, an denen die Luft von den karibischen Inseln erzählt und man seine rechte Hand dafür geben würde, den Mut aufzubringen, alles zu verkaufen und einfach abzuhauen!! In der bedrückenden Atmosphäre der neonbeleuchteten Agentur würde ich gerne mit jemandem darüber sprechen, aber der Einzige, der mich verstehen würde, ist Giacomo, und der glänzt durch Abwesenheit. Meine Karte ist in einem Stapel von ungeöffneter Post und Zetteln untergegangen. Ich habe versucht, ihn zu Hause anzurufen. Nichts, nicht einmal der Anrufbeantworter. Hm.

Samstag, 3. Juni

Giacomo ist tatsächlich verschwunden. Niemand weiß, wo

er steckt, er hat keinen Urlaub eingerecht, er geht nicht ans Telefon. Ich fange an, mir ernsthaft Sorgen zu machen. Und wenn er krank ist? Oder wenn man ihn in einer Gasse erstochen hat, und sein Leichnam liegt nun von allen vergessen im Leichenschauhaus? Oder wenn er entführt wurde? Okay, okay, ich gebe zu, dass ich ein wenig unter Paranoia leide, aber als ich für ein paar Tage verschwunden war, hat er sich da nicht auch Sorgen gemacht? Sollte ich zu ihm nach Hause gehen und seine Wohnungstüre aufbrechen? Ich rufe den Göttlichen an und bitte ihn um Rat. »Was mischst du dich da ein?«, meint er lachend. »Er wird sich ein paar erotische Tage gönnen. Sieht er gut aus?« »Mm, ja, schon«, antworte ich, wobei ich mich frage, ob Giacomo gut aussieht oder nicht. »Na ja, für deinen Geschmack dürfte er sich zu intellektuell geben.« Dario gehört zu den gebildetsten Personen, die ich kenne, aber er steht nur auf Männer, die aussehen wie litauische Bauern, zumindest physisch. Giacomo, der Vermisste, ist nichts für ihn, doch da Dario nie etwas anbrennen lässt, fügte er hinzu: »Wenn du wirklich zu ihm nach Hause gehen möchtest, dann begleite ich dich.«

Sonntag, 4. Juni

Die ganze Nacht träumte ich von Giacomo, der ›HILFE!‹ schrie, und heute morgen hielt ich es nicht mehr aus: Ich weckte Dario und brachte ihn dazu, mich zu Giacomos Wohnung zu begleiten, wo ich mich buchstäblich an die Glocke hing, während der Göttliche sich fragte, seit wann ich derartige Anfälle hätte und ob es wohl angesagt sei, einen Irrenarzt zu konsultieren. Dann, als ich gerade die Tür einzudrücken versuchte, öffnete Giacomo. Die gleiche Szene wie damals bei mir, nur dass diesmal *mein* Kopf an der

Wand gegenüber der Eingangstür aufschlug. Giacomo war ebenso verblüfft wie ich damals, aber er sah alles andere als verzweifelt aus. Er trug nur einen Bademantel, und überall verstreut lagen Kleidungsstücke. Kleidungsstücke einer Frau. »Ach so, also es geht dir gut«, stammelte ich, während Giacomo mich mit offenem Mund und amüsiertem Blick ansah. »Tja, es ist spät, wir müssen jetzt gehen«, fuhr ich fort und drängte hinaus, gefolgt von Dario. Keiner von uns beiden sagte ein Wort, bis wir im Erdgeschoss waren. Ich wagte nicht, Dario anzusehen. Schließlich meinte der Göttliche: »So blamiert habe ich mich noch nie in meinem Leben.« Und er sah mich ernst an, so als ob ich ein Abo für Fettnäpfchen hätte.

Montag, 5. Juni

Giacomo ist wieder in der Agentur, und ich habe versucht, ihm möglichst nicht über den Weg zu laufen. Aber als ich von der Mittagspause zurückkam, saß er auf meinem Schreibtisch und wartete auf mich. »Entschuldige, Giacomo, ich dachte, dass es dir schlecht geht, ich … ich dachte, du wärst …, naja, ich dachte, dir geht es so wie mir damals … Tut mir l…« »Geht morgen Abend in Ordnung?«, unterbrach er mich. »W …was?« »Deine Einladung zum Essen. Übermorgen also?« Da ich nicht antwortete, fügte Giacomo lachend hinzu: »Es passiert mir nicht oft, dass eine junge Frau versucht, mir die Tür mit den Schultern einzurennen!« »Wie peinlich!« rief ich, aber mir war es schon ein wenig leichter ums Herz. »Ja, das kannst du wohl sagen«, meinte er. Vielen Dank, etwas Pietät wäre durchaus angesagt, dachte ich, doch Giacomo hatte sich schon zum Gehen gewandt. Dann drehte er sich um und meinte: »Ich kam mit echt cool vor, als ich der Süßen sagte, dass die Zeugen Jehovas versucht hätten, meine Tür aufzubrechen!«

Dienstag, 6. Juni

Heute ist ein denkwürdiger Tag: Der super-coole Righi hat angerufen und mich eingeladen, Freitag Abend zu Slim Ice zu kommen, um den fertigen Fernsehspot zu sehen. Ich habe sofort einen Termin bei Placido Maria, genannt Poldo ausgemacht; er musste mir schwören, ein Wunder auf meinem Kopf zu vollbringen!

Mittwoch, 7. Juni

Gestern Abend kam Giacomo zu Besuch mit einer riesigen Sonnenblume: zu nett! Schade nur, dass ich keine Vase besitze, die groß genug ist. Ich wusste gar nicht, dass Sonnenblumen so lang werden können. Meine Verlegenheit wegen Sonntag war wie weggeblasen, als wir uns den Bauch hielten vor Lachen, während wir uns in Erinnerung riefen, wie ich gegen die Mauer flog. Bei Risotto mit Salsiccia und Pilzen – nicht unbedingt ein sommerliches Gericht, aber eines der wenigen, die mir immer gelingen – erzählte der große Jack mir von seiner Liebesgeschichte. O Gott, Liebe. Er ist mit einer Universitätsassistentin zusammen (Philosophie des Mittelalters!), mit der er wilden Sex hat, die er aber nicht liebt, weil er eine andere liebt, die ihn wiederum nicht liebt. »Und warum bist du dann mit ihr zusammen?« »Typische Frauenfrage«, antwortete er, ohne meine Frage zu beantworten. »Typisches Machoverhalten«, gab ich zurück. Ist es denn möglich, dass selbst die nettesten Männer auf die abgedroschensten Gemeinplätze hereinfallen? »Wie kommt es, dass ihr Männer mit einer Frau zusammen seid, und dabei eine andere liebt?« »Na ja, wenn es dich tröstet, auch sie ist in einen anderen verliebt«, antwortete Giacomo. Ich lebe wirklich in einem Parallel-Universum: Der Rest der Welt erscheint mir wie eine Fernsehserie, und zwar eine Soap Opera.

Donnerstag, 8. Juni

Olivia erzählte heute allen von einem Fest der Vippis und Schickis, bei dem sie gestern war und wo natürlich alle auf sie geflogen sind. Als sie weg war, flüsterte Giacomo: »Weißt du, was Bette Midler sagt?« Wenn ich wüsste, wer Bette Midler ist, wüsste ich vielleicht auch, was sie gesagt hat, aber ich weiß es nicht. »Immer wenn sie interviewt wird, sagt sie irgendwann: ›Jetzt haben wir genug über mich gesprochen, reden wir doch ein wenig von euch. Was haltet ihr von mir?‹« Das ist das Motto von Olivia!!

Freitag, 9. Juni

Ich habe Poldo, meinen neuen Guru, gefragt, ob er weiß, wer Bette Midler ist. »Wie, du weißt nicht, wer Bette Midler ist?« »Wenn ich es wüsste, würde ich dich nicht fragen!« »Das ist die Schauspielerin …« »Welche?« »Die Schauspielerin, die so hässlich wie eine Mülltonne ist, aber klasse singt … die dicke, die bei … äh, wie heißt es jetzt noch mal … mitgespielt hat.« Nichts zu machen, er erinnerte sich nicht an einen einzigen Film mit dieser Midler. »Kennt jemand einen Film mit Bette Midler?«, fragte er die anderen drei Kundinnen. Eine schüttelte den Kopf, die andere fragte: »Wer ist Bette Midler?« und die dritte, die neunzigjährige Signora, die bei Poldo zu wohnen scheint, sie ist jedenfalls immer hier, wenn ich komme, wachte aus ihrer Lockenwickler-Lethargie auf und sagte mit dünner Stimme: »Was geschah wirklich mit Baby Jane ...« »Das ist Bette Davis, Oma!«, rief Poldo leicht ungehalten. Ergebnis: Ich weiß nun, dass Poldo eine Großmutter hat, ich weiß immer noch nicht, wer Bette Midler ist, und ich habe vier Minuten lang nicht an heute Abend gedacht, und an Giulio.

Samstag, 10. Juni

Ich traute meinen Augen nicht: Die gut aussehende sexy Frau auf dem Bildschirm, die genüsslich ihr Eis isst, sollte wirklich ich sein? Ich, die auf achtzig von hundert Fotos so aussieht, dass selbst das Ungeheuer von Lochness die Flucht ergreift? Sogar mein Großer Chef, der bei der Vorführung natürlich auch dabei war, wandte sich an mich: »Und diese Blume ist unsere Gloria?« Doch das Unglaublichste ist, dass Giulio mir ein Kompliment nach dem anderen machte, und da Olivia auch nicht einen Millimeter von seiner Seite wich, entging ihr kein einziges! Es gibt nichts Schöneres, als vor seinen Gegnern gelobt zu werden! Schließlich hielt Miss Maalox es nicht mehr aus und platzte heraus: »Ist ja nur ein Fernsehspot, und wer ist sie schon, etwa Greta Garbo?« »In dem Fall bleibt nur zu hoffen, dass sie nicht dieselben Vorlieben in Sachen Sex hat«, murmelte Giulio und starrte mich an. Und was habe ich geantwortet? Hört, hört! Erst einmal habe ich in Rekordzeit realisiert, dass die Garbo Frauen zugeneigt war, dann habe ich Giulio angesehen, und mit meiner besten Flittchenstimme gesagt: »Meine Vorlieben sind

Kennern vorbehalten. Und die sind, in meinem Fall, ganz eindeutig männlich«, wobei mein Blick eine Sekunde zu lang in seinen Augen verweilte. Was heißt Neue Gloria, dies hier ist Sciencefiction pur!

Sonntag, 11. Juni

Es geht weiter mit Sciencefiction! Um zehn Uhr dreißig wachte ich auf, weil das Telefon klingelte. Mit Godzilla-Stimme krächzte ich: »Pronto.« »Meine Lieblings-Greta Garbo. Hab ich dich aufgeweckt?« »Nein, nein«, log ich und schnellte im Bett hoch. Meine Stimme, die eigentlich melodisch und voller Energie klingen sollte, hörte sich so rau an wie die von Sandro Ciotti, wenn er mit Grippe Lazio Roma gegen Inter Mailand kommentiert. Righi ... Righi hat mich zu Hause angerufen! Während ich den Hörer abdeckte und verzweifelt versuchte, meine Stimme frei zu räuspern, sagte er: »Du bist einfach perfekt als Slim-Ice-Girl, weißt du das?« »Na ja, danke«, antwortete ich, aber es war wohl nur ein Krächzen zu hören, denn er sagte: »Ich habe dich geweckt, wusste ich's doch. Entschuldige, aber ich hatte plötzlich Lust, dich anzurufen.« »Wo bist du?«, fragte ich ihn – die Spucke blieb mit noch immer weg, ebenso wie eine Idee, worüber ich mich mit ihm unterhalten könnte. »Auf dem Sessellift. Du musst mir versprechen, dass du mal mitkommst zum Skilaufen.« Das Neue Flittchen wacht offensichtlich nicht vor Mittag auf, denn die Alte Gloria antwortete: »Ich kann nicht Ski laufen«, um sich gleich darauf selbst zu ohrfeigen. »Du kannst es ja lernen. Ich verabschiede mich jetzt, ich bin am Gipfel angekommen. Ciao, Kleines.« Glücklicherweise war die Kleine noch nicht aufgestanden, denn: Ohnmächtig wird man am besten im Bett!

Montag, 12. Juni

Meine Schuhe sind heute Luftkissenboote: Ich schwebe wie auf weichen Wolken. Giulio hat mich Kleines genannt! Er hat beim Skilaufen an mich gedacht! Ich denke immer an ihn, was immer ich gerade tue, und ich bin glücklich.

P.S. Wo läuft er eigentlich Ski – mitten im Juni?

Dienstag, 13. Juni

»Hast du eine Gesichtslähmung?«, fragte mich Giacomo, als er das schwachsinnige Grinsen bemerkte, das mir buchstäblich ins Gesicht geklebt ist und das keine Nanosekunde von mir weicht. Dann meinte er: »Du wirst doch nicht verliebt sein?« Ich grinste weiter einfältig vor mich hin. »O Gott!«, rief er und verdrehte die Augen gen Himmel. Und er hatte Recht: Ich war genau dort, im Himmel. Im siebten.

Donnerstag, 15. Juni

Allmählich frage ich mich, ob ich nicht geträumt habe. Keine Neuigkeiten von Giulio. Ich weiß nicht recht, was ich davon halten soll. Wie kommt es nur, dass er mich vom Sessellift aus anrief, was ziemlich ungemütlich sein muss, während er wundersamerweise im Juni (!!) Ski läuft, und sich dann von seinem bestens eingerichteten Stadtbüro aus nicht mehr meldet?!? Ich würde ihn gerne selbst anrufen, aber das geht natürlich nicht. Express-Beratung: Dario sagt, ich soll mich nicht darum kümmern, was man tut oder nicht, und ihn anrufen. Anna schreit, dass sie mir alle Finger abschneidet, wenn ich das vorhabe, Daniela beendet das Gespräch sofort, weil sie einen Anruf von Vanni dem Schrecklichen erwartet (übrigens schon seit drei Tagen) und deshalb das Telefon frei halten muss, und Cinzia sagt: »Während du dich entscheidest, ob du ihn anrufst oder nicht, sag mir doch, was du davon hältst, wenn ich Onkel Luigi, du weißt schon, der, der das Problem mit dem Luftschlucken hat, wenn ich Onkel Luigi an denselben Tisch mit der Professoressa Sguazzi setze, die seit dreißig Jahren einen Mann sucht und keine allzu großen Ansprüche mehr stellt?«

Freitag, 16. Juni

Vielleicht ist es meine Schuld. Er ist an Frauen wie Olivia gewöhnt, und am Telefon war ich wie Heidi an ihrem Geburtstag, noch dazu mit der Stimme von Freddy Kruger. Welche Botschaft sende ich nur aus, dass die Männer immer sofort abhauen? Anna meint, sobald sich einer dem Abgrund unserer Einsamkeit nähert, legt er sofort den Rückwärtsgang ein, um nur ja nicht hineinzufallen. Aber wie kann Giulio wissen, dass ich allein bin? Na ja, eine die sich eine ganze Woche lang nicht vom Telefon wegbewegt, ist entweder allein oder dumm. Oder beides.

Samstag, 17. Juni

Warum ruft er nicht an?!? Ich bin echt sauer. Was tun die eigentlich in die DNA der Männer, dass sie solche Scheißkerle werden?

Sonntag, 18. Juni

Um halb drei ging ich schweren Herzens zu Anna, nachdem ich den x-ten Vormittag damit verbracht hatte, auf seinen Anruf zu warten und dabei so zu tun, als würde ich gar nicht darauf warten. »Also, entweder hat er sich alle zehn Finger gebrochen, oder er ist ein Scheißkerl.« Das zweite, liebe Annina. Ich blieb zum Essen bei ihnen und bin dann nach Hause gegangen. Zwei Nachrichten. Mein Herz hämmerte wie verrückt. Die erste Nachricht: Tante Nora. Klar. Die zweite: »Ciao, ich bins, Giulio, erinnerst du dich noch an mich?« Ha-ha-ha. »Ich hab schon mal angerufen, aber du warst nicht zu Hause.« Ja, ich war weg, nachdem ich ewig auf deinen Anruf gewartet hatte, Lügner! »Tja, und jetzt bist du wieder nicht da. Ich grüße dich. Ich weiß nicht, warum, aber du ziehst mich ungemein an.« Wie, du weißt nicht, warum? »Rufst du mich an? Du erreichst mich unter …«, und er sprach die sieben erotischsten Ziffern des gesamten Telefonsystems aus. Ich brauchte all meine Kraft, um sie nicht sofort zu wählen.

Montag, 19. Juni

Gerade als ich mich endlich durchgerungen hatte, Giulio anzurufen, segelte Olivia herein und setzte sich auf meinen Schreibtisch. »Gloria, ruf Righi an und sag ihm, er soll mir meine Handschuhe mit einem Fahrradkurier schicken, ich hab sie am Wochenende bei ihm vergessen.« Dann fixierte sie mich mit ihrem Blick und sagte: »Kalte Hände, heißes Herz«, und ging. Wäre mir nach ihrem Auftritt noch ein bisschen Energie geblieben, so hätte ich sie erwürgt. Ich beschloss, Righi um zehn nach fünf anzurufen, in der Hoffnung, ihn nicht mehr im Büro anzutreffen. »Gloria! Wie gut, deine Stimme zu hören! Das einzig Angenehme, was mir heute passiert!« Damit brachte er mich ganz schön aus dem Konzept, aber ich blieb hart. »Signorina Rinaldi hätte ihre Handschuhe gerne zurück«, sagte ich barsch. Eins zu Null für mich! »Ach ja, die Handschuhe. Sag ihr, dass ich sie ihr morgen schicke, ich habe sie jetzt nicht hier.« Und wo sind sie, du Miststück, in deinem Schlafzimmer? Mit der Leichtigkeit des gewandten Lügners änderte er den Ton und fragte mich: »Wie geht es dir, Bellissima?« Was glaubst du denn, wie's mir geht, du Scheißkerl? »Möchtest du dieses Wochenende mit mir in die Berge fahren?« Schluck. »Hmm«, sagte ich. Was für ein Vamp. »Keine Sorge, es gibt ein Gästezimmer.« Wusste ich's doch: Er glaubt, ich bin keusch wie Maria Goretti. »Ich würde dich gerne besser kennen lernen, Gloria. Es geschieht nicht oft, dass eine Frau mich so beeindruckt ... Sagst du mir Bescheid?«

Mittwoch, 21. Juni

Dario rief laut: »Klar gehst du!« Anna sagte nur: »Am Sonntag ist die Hochzeit von Cinzia!« Es ist nicht zu fassen. Seit Beginn des Jahres hatte ich nur völlig luftleere Wochenenden und ausgerechnet an dem einzigen verplanten lädt mich der Mann meines Herzens in die Berge ein! Die Pilgerfahrt nach Lourdes wird allmählich zum Muss.

Donnerstag, 22. Juni

Ich habe über jede mögliche Entschuldigung nachgedacht, mit der ich Cinzia ruhig stellen könnte, von einer plötzlichen Thrombose bis zur Entführung durch Aliens, aber es hilft nichts, ich muss auf die Hochzeit gehen, ich bin Trauzeugin. Lieber Gott, gib, dass sie sich so streiten, dass die Hochzeit verschoben werden muss! Ich möchte sterben.

Freitag, 23. Juni

Schlussendlich musste ich Giulio anrufen. »Du bist also nicht vom Erdboden verschwunden!«, sagte er in so liebem Ton, dass ich auf meinem Stuhl dahinschmolz. »Es war sehr nett von dir, mich einzuladen, Giulio, wirklich, aber leider ist mir eingefallen, dass ich diesen Sonntag zu einer Hochzeit eingeladen bin.« ›Ist mir eingefallen‹... Bin ich komplett plemplem? »Kannst du nicht absagen?«, fragte er. »Ich bin Trauzeugin.« Pause. Das Ganze stinkt eine Meile gegen den Wind nach Ausrede, er wird mich nie mehr anrufen. Doch aus dem Telefon strömt wie Manna aus dem Himmel seine Stimme: »Du gehst natürlich in Begleitung zur Hochzeit.« Wie soll ich ihm die Wahrheit sagen, ohne zugeben zu müssen, dass ich niemanden habe, der mich begleitet? »Tatsächlich«, versuchte ich mich heraus zu reden, »tatsächlich habe ich mich erst gestern daran erinnert, und ...« »Möchtest du, dass ich dich begleite?« Ja, ja, jaaaaa! »Das ist sehr nett von dir, aber ich möchte dich nicht zu einer Hoch ...« »Gloria, wenn das Ganze eine Ausrede ist, dann sag es mir lieber gleich«, unterbrach er mich, ein wenig kühl. »Nein! Es ist keine Ausrede. Ich würde mich freuen, wenn du mitkommst.« »Großartig! Erzähl mir also, wer wann wo heiratet.« Ich liebe ihn.

Samstag, 24. Juni

Giulio kommt mit zur Hochzeit! Giulio kommt mit zur Hochzeit! Seit gestern träume ich von den Gesichtern, die alle machen werden, wenn sie mich zusammen mit Ihm sehen, dem coolsten Typen der Welt, der mich zu einer Hochzeit begleitet, wo er niemanden kennt, außer MICH!! Ich stehe noch unter Schock, vor Freude, und ich habe Angst, dass mir was Schreckliches passiert, was weiß ich, ein Durchfall-Anfall, ein Blitz, der in meinen Kopf einschlägt. In Erwartung einer Enttäuschung ging ich auf jeden Fall mal zu Armani und gab einen Großteil des Geldes von der Werbung für ein wun-der-ba-res aprikosenfarbenes Kostüm aus (mein ganzes Leben lang habe ich von Armani geträumt!), dann zur Kosmetikerin zur Totalenthaarung (so dass sie mich am Schluss fragte: »Aber die Haare auf dem Kopf lassen wir, oder willst du die auch weg haben?«), und schließlich zu Placido Maria alias Poldo, dem ich auftrug, meine Haare ganz straff auf die Lockenwickler zu drehen, damit die Frisur auch morgen noch perfekt sitzt. Als ich rausging, sah ich aus wie Shirley Temple, und ich schwebte wie auf Wolken nach Hause. Lieber Gott, mach, dass nichts Schreckliches passiert. Zumindest bis übermorgen.

Sonntag, 25. Juni

Er sah wunderschön aus, so schön, dass alle weiblichen Gäste ihn mehr als die Braut beachteten. Auch die Braut sah ihn übrigens dauernd an. Dann sahen alle auf mich, verblüfft. Denn ich war in Armani gekleidet, perfekt frisiert, depiliert und schlank, so dass er, als er mich sah, meinte: »Donnerwetter! Da fragen sich aber alle, was ein Monster neben einer so märchenhaften Schönheit zu suchen hat!« Nun sei einmal dahingestellt, wer von uns beiden das Monster war, aber eines ist sicher: Für ihn war ich die märchenhafte Schönheit, denn am Abend hat er mich vor meinem Haus EINE STUNDE LANG GEKÜSST!!!! Süß, leidenschaftlich, sexy. Ich hätte nie gedacht, dass die Filmküsse auch im wirklichen Leben existieren! Als ich so weit war, ihm zehn Kinder zu schenken, löste er sich von mir und sagte mit rauer Stimme: »Ich gehe jetzt besser, sonst verliere ich die Beherrschung.« Und so ließ er mich stehen, mit begehrlich rasendem Herzen, und verschwand in der Nacht. Er ist der Gentleman-Mann, von dem ich träumte, er hat Lippen weich wie Samt, er ist super-sexy, und er verdreht mir völlig den Kopf! Noch Stunden später fragte ich mich, ob das alles wirklich geschehen ist, und ich weckte alle Nachbarn auf, indem ich aus vollem Hals *Piccolo grande amore* sang. Dann schlief ich so tief wie schon seit Jahren nicht mehr.

Montag, 26. Juni

Heute verbrachte ich jede freie Minute mit dem Magischen Quadrat am Telefon, das mich mit Zustimmungsrufen und Komplimenten überhäufte. Sogar Cinzia rief mich vom Flughafen aus an, um mir zu sagen: »Wie bist du an einen so coolen Typen gekommen?« Das frage ich mich auch. Ich hoffe, dass er genau so an mich denkt, wie ich an ihn: ununterbrochen.

Dienstag, 27. Juni

Um vier Uhr kam ein Kurierfahrer in die Agentur und

brachte einen Strauß Rosen und ein Paar Handschuhe. Am Boden zerstört habe ich alles zu Olivia gebracht, die kurz darauf mit den Blumen wieder kam und sie mir auf den Schreibtisch knallte. »Die sind für dich. Hast du die Karte nicht gesehen? Es wird Zeit, dass du lesen lernst!« Am liebsten hätte ich ihr alle Zähne einzeln gezogen, aber dann fiel mein Blick auf das Kärtchen. Giulio! In seiner akkuraten Handschrift stand da: »Ich denke an Dich.« Ist es möglich, dass eine so altmodische Banalität mir den ganzen Tag verklärt? Ich bin glücklich.

Mittwoch, 28. Juni

Heute Abend hat er mich zu Hause angerufen. Eine Stunde am Telefon. Zum Schluss, ich war bereits auf dem Sofa dahin geschmolzen, fragte er mich, ob ich mit ihm in die Berge fahre. Ich habe Ja gesagt.

Donnerstag, 29. Juni

Kleines Problem: Ich habe nichts zum Anziehen für die Berge. Anna hat mir versprochen, dass sie mir morgen ihre Windjacke vorbeibringt, Daniela leiht mir ihre Bergschuhe (die haben eine hohe Gummisohle und sehen aus wie orthopädische Plateauschuhe, aber sie sagt, das macht schlank), Dario will mir heute Abend seinen neongrünen Fleece-Anzug bringen (nur er konnte sich so etwas kaufen) plus dazupassende Mütze und Handschuhe. Hoffentlich ist er mir nicht zu groß. Ich liebe meine Freunde, ich liebe die ganze Welt!

Mit einem Gürtel passt mir Darios Anzug ausgezeichnet. Der Göttliche hat mir noch ein Päckchen mit einem roten Band dazu getan – darin war eine Zwölferpackung Präservative. »Ich hoffe, die reichen«, meinte er mit schelmischer Miene. Bleibt die Frage, ob ich mich traue, damit raus zu rücken: ›Augenblick, Liebster, zufällig habe ich eine Riesenpackung Pariser dabei …‹

Juli

Warum wollen alle Männer, die ich liebe, immer eine andere?

Samstag, 1. Juli

Wohlig rekelte ich mich auf meinem Liegestuhl, mitten auf dem Gletscher des Stilfser Jochs, wo es zum Glück noch etwas kühl ist (im Ort zergeht man vor Hitze, vor allem, wenn man am ersten Juli einen neongrünen Anzug aus Polar-Fleece trägt). Giulio ist beim Skilaufen, und jedes Mal, wenn er an der Hütte vorbeikommt, hält er an, um mich zu küssen. Dann fährt er weiter, in perfekten Schwüngen, wie Alberto Tomba. Ich bin umgeben von nicht mehr ganz jungen Damen im Pelzmantel mit Schichten von Sonnencreme auf den sonnengegerbten Gesichtern sowie von einer Schar ultra-cooler Mädchen im Bikini, denen ich gerne erklären würde, dass wir hier auf dem Gipfel eines Berges sind, und nicht auf Tahiti. Aber was soll's: Ich bin von göttlicher Gelassenheit und übe mich in Toleranz. Gestern Nacht, nach einem wunderbar romantischen Essen im Restaurant und einem Abend vor dem Kaminfeuer ist es endlich passiert. Hm ... ich muss gestehen, dass der erste Teil des Abends besser war als der zweite, aber das erste Mal ist ja nie so berühmt. Vor allem, wenn die Frau die ganze Zeit mit Schrecken an den tragischen Moment denkt, in dem er angewidert ihre Zellulitis bemerkt.

Sonntag, 2. Juli

Zweite gemeinsame Nacht, erstes Problem. Er will keine Präservative benutzen. Am ersten Abend war ich zu befangen, ihn zu fragen, auch wenn ich ihm natürlich zu verstehen gegeben habe, dass ich keine Verhütungsmittel nehme. Am zweiten Abend fasste ich mir ein Herz und flüsterte ihm mit der erotischsten Stimme der Welt in die Ohrmuschel: »Vielleicht wäre es besser, du würdest etwas nehmen ...« Was für ein entsetzlicher Satz! Etwas, WAS? Ein Handbuch? Einen Schirm? Einen Dosenöffner? Er verstand aber gleich und murmelte mit ebenso erotischer Stimme: »Nein. Das stört mich.« Dann knabberte er sich mit zarten Bissen durch meine Halsgrube, es war zum Ohnmächtig-Werden und wirklich nicht der geeignete Augenblick, den Verlauf einer Schwangerschaft oder, schlimmer noch, den Verlauf von Aids in allen Details zu erörtern. Ergebnis: Sauer auf mich und unfähig zu handeln, sah ich mich den ganzen Abend lang auf der Station für Infektionskrankheiten schmachten, während er weiter machte, als ob nichts wäre, bis er nach einem ›Schön!‹ in den wohlverdienten Schlaf fiel.

Montag, 3. Juli

Gestern Nacht zu Hause war ich ein wenig durcheinander wegen der zwei Tage, die ich mit Giulio verbracht hatte. Besser gesagt, was die Tage betraf, war ich begeistert, es waren die Nächte, die mich beunruhigten. Heute Abend war ich bei Anna und habe ihr bis ins kleinste Detail das Wochenende mit Giulio beschrieben, und ich wollte ihr auch von den Präservativen erzählen, aber während ich redete, schwand mein ungutes Gefühl und machte einer ungebremsten Begeisterung Platz für das, was ich gerade erlebte. So habe ich dieses Detail in meiner Erzählung weggelassen, natürlich auch, um Giulio vor einem negativen Urteil zu bewahren, und schließlich war ich selbst davon überzeugt, zwei wunderbare leidenschaftliche Nächte verbracht zu haben. Vielleicht war es ja auch so, und ich mache mir nur zu viele Gedanken.

Dienstag, 4. Juli

Ich rief Giulio bei Slim Ice an, weil ich seine Stimme hören wollte. »Ciao«, sagte er in leicht angespanntem Ton. »Störe ich dich?«, fragte ich, wobei ich mich in Gedanken dafür ohrfeigte, ihn angerufen zu haben. »Ich bin mitten in einer Arbeit. Ich rufe dich zurück. Ciao.« Und damit legte er auf. Ich war ziemlich enttäuscht und beleidigt. Vielleicht war er ja in einer wichtigen Besprechung? Aber warum hatte die Sekretärin mich dann durchgestellt? Fang nicht damit an, Gloria: Es ist alles in Ordnung. Setz jetzt bloß nicht deine Paranoia-Mechanismen in Gang. Damit tötest du jede Beziehung gleich im Keim ab!

Mittwoch, 5. Juli

Vielleicht leide ich ja an Paranoia. Tatsache ist aber, dass er nicht angerufen hat. Weder gestern Abend noch heute Abend. Ich war so aufgebracht, dass ich zu dem Supermarkt lief, der bis 22 Uhr geöffnet ist, und mir gut hundert Gramm Gorgonzola und ein Glas Nutella kaufte. Um 22 Uhr 29 hatte ich beides aufgegessen. Um 22 Uhr 45 klingelte das Telefon. Ich sprang im Bett auf, mein Herz schlug mir bis zum Hals. »Ciao Glory, du schläfst doch nicht, oder?« Es war Daniela, die mir triumphierend verkündete, dass Vanni endlich und ein für alle Mal beschlossen hat: Ende des Monats verlässt er seine Frau. Was soll das heißen ›Ende des Monats‹, fragte ich mich – was ist anders am 30. Juli als am fünften? Die Antwort lag auf der Hand: Ende des Monats würde der Schreckliche seine Frau so kurz vor den Ferien nicht verlassen können, und so würde die TV-Serie fortgesetzt werden. Ich erinnerte Dani lieber nicht daran, ich hätte ihr nur die Laune verdorben, an ihrer Berufung zur Märtyrerin lässt sich ohnehin nichts ändern. Außerdem brauchte ich dringend ihren Rat, und wenn es sich um Scheißkerle handelt, fällt mir niemand ein, der mehr Erfahrung hat als sie. So habe ich ihr vom Schweigen Giulios erzählt. »Bist du sicher, dass er nicht verheiratet ist?«, war ihre erste Frage. »N-nein … Nicht dass ich wüsste.« Pause. »Ah. Nicht dass du *wüsstest.*« Nach dem Telefonat habe ich mehr Zweifel als ein ehemaliger Kommunist. Es ist schön, wenn man sich seiner Freundin anvertrauen kann.

Freitag, 7. Juli

Ein Albtraum. Er meldet sich nicht, und ich bin am Boden zerstört. Was habe ich ihm nur getan? Bin ich so abscheulich, dass er das Ende unseres gemeinsamen Wochenendes kaum erwarten konnte? Es schmerzt schon genug, dass er wie vom Erdboden verschluckt ist, aber die Ungewissheit, warum er verschwunden ist, bringt mich fast um. Den ganzen Abend laufe ich durch meine Wohnung, wie eine Löwin im Käfig, und ich weine nur deswegen nicht, weil ich mir dann noch lächerlicher vorkommen würde.

Samstag, 8. Juli

Zum Glück gibt es Anna! Ich rief sie aus Angst-City an, wo ich nun schon seit drei Tagen bin, und sie kam mich mit Luca besuchen. Während das Engelchen sich sofort daran machte, systematisch alle zerbrechlichen Stücke zu zerstören und mehrmals versuchte, sich mit elektrischem Strom das Leben zu nehmen, hörte Anna mir so gut es ging zu, dann sagte sie: »Es gibt zwei Möglichkeiten. Entweder ist er ein Scheißkerl, und das könnte durchaus sein, oder er hatte wirklich zu tun.« »So viel, dass er nicht mal Zeit hatte, mich anzurufen?« »Na ja, das ist tatsächlich …«, stimmte Anna zu. »Auf jeden Fall hat eure Beziehung gerade erst begonnen, vielleicht braucht er ein wenig Zeit, um sich an die Rolle des braven Verlobten zu gewöhnen, der stündlich anruft.« Am liebsten wäre ich ihr um den Hals gefallen vor Erleichterung. Damit hat sie mir einen guten Grund geliefert, sein Schweigen zu rechtfertigen! Wahre Freundinnen wissen einfach, wann man eine gute Ausrede braucht!

Sonntag, 9. Juli

Schön und strahlend wie ein wolkenloser Sommerhimmel meldet er sich um 23 Uhr: »Ciao, Kleines, erinnerst du dich an mich?« Diesen Satz hast du schon mal gesagt, Häschen. Ich habe ihn auf einer Kassette des Anrufbeantworters, die ich im übrigen 7200-mal angehört habe. Und außerdem bist du ein Scheißkerl. Warum werde ich dann fast ohnmächtig vor lauter Erleichterung? Warum habe ich eiskalte Hände und eine glühende Stirn? In weniger als einer halben Sekunde ist ein stürmischer Krieg zwischen meinem Kopf und meinem Herzen ausgebrochen, und ein Spezialtrupp meiner Hormone hat sich sofort auf die Seite des überirdischen Giulio geschlagen. Ich muss jetzt etwas sagen, sofort! Ruhig Blut, Gloria. Und Distanz. »Also, lass mich überlegen. Vor einiger Zeit habe ich diese Stimme schon mal gehört, aber ich erinnere mich nicht mehr daran, wo.« Der Unvergessliche, überzeugt davon, unvergesslich zu sein, lacht schallend – dabei habe ich schon bessere Scherze gemacht. »Wie geht es dir?« Jetzt bricht die Fantasie mit ihm durch, dachte ich, doch ich antwortete enthusiastisch: »Ausgezeichnet!« Und er, mit engelsgleicher Stimme: »Mir auch!« Gemeiner Dreckskerl, ihm geht es also gut! »Aber es würde mir noch besser gehen, wenn du hier bei mir wärst.« Oh, und jetzt? »Hast du denn wenigstens ein bisschen an mich gedacht?«, fährt Mephisto mit verführerischer Stimme fort. »Tja, *ich* vergesse eigentlich nie jemanden, mit dem ich ein Wochenende verbracht habe«, murmle ich. »Ich war auf einem Kongress in Malaga und hatte deine Telefonnummer nicht dabei ... Du kannst dir nicht vorstellen, wie gerne ich deine Stimme gehört hätte!« Fall nicht darauf rein, Gloria. »Wirklich?« »Wirklich. Du hast mir gefehlt, Kleines.« Na also, alsoblala-blaablaaaa.

Dienstag, 11. Juli

Endlich habe ich ihn wieder gesehen. O Gott, er gefällt mir so gut, dass mir manchmal richtig schwindlig wird! Kino und Abendessen – perfekt. Ich hatte vergessen, was für ein schönes Gefühl es ist, als Paar auszugehen. Der Abend endete mit Küssen und einem hormonellen Aufruhr, doch jeder ging zu sich nach Hause, denn man muss morgen schon in aller Herrgottsfrühe aufstehen. Ein letzter Kuss im Hauseingang, wie im Film. Ich liebe ihn. Meine Hände zittern vor Erregung, wie im Film. Ich mache mir einen Kamillentee zur Beruhigung, wie im Film. Und schütte ihn über meinen Schlafanzug, wie im Film. Wie in einer Komödie.

Mittwoch, 12. Juli

Te vojo 'bbene assaje ...
*MA TANTO TANTO 'BBENE ASSAJEEEEEEE!**

Donnerstag, 13. Juli

Heute hat mein Cousin Enrico Namenstag; ich habe ihn seit mindestens sieben Jahren nicht mehr gesehen, und wahrscheinlich werde ich ihn auch die nächsten sieben Jahre nicht sehen.

Samstag, 15. Juli

Wochenende auf dem Stilfser Joch mit Giulio! Wir waren nicht allein, sondern in Begleitung eines Ehepaars, Freunden von Giulio. Er, Nuklearingenieur und ganz in Kaschmir, hört auf den Namen Ugoberto; sie, platinblond, spindeldürr und goldbehängt wie die Madonna von Pompeji, nennt sich Amelia plus sechs oder sieben weitere Namen, aber ihre Freunde nennen sie Melina. Beide sahen mich an, als wäre ich die Hausangestellte, und jedes Mal, wenn ich meinen Mund aufmachte, fixierten sie mich mit einem leeren

* Titel eines neapolitanischen Liedes: Ich hab dich so gerne, ich hab dich sooo gerne! (Anm. d.Ü.)

Lächeln, so als würden sie gerade ihre gute Tat der Woche vollbringen. Da sie sich fast ununterbrochen über gemeinsame Freunde unterhielten, war ich die meiste Zeit ohnehin vom Gespräch ausgeschlossen. Als mich Melina, in einem plötzlichen und völlig unerwarteten Anfall von Herzlichkeit fragte: »Und du, was machst du denn so in deinem Leben?« wäre ich am liebsten gestorben. »Ich bin Sekretärin«, murmelte ich und hoffte, nicht gehört zu werden. »Ah!«, rief sie aus und suchte nach einem passenden Kommentar. Und dann, da ihr offensichtlich nichts einfiel: »Ah.« »Vor allem ist sie die Hauptdarstellerin in unserem Werbespot!«, kam mir mein Kavalier zu Hilfe; vielleicht sagte er es auch nur, weil er sich schämte. »Ah!«, riefen beide einstimmig. Wenn ich wieder geboren werde, dann bitte als Prinzessin von Monaco!!!

Sonntag, 16. Juli

Die drei Freunde sind beim Skilaufen, und ich liege wieder auf meinem Liegestuhl an der Sonne. Wenn es mir nicht so peinlich wäre, könnte ich ja Unterricht im Skilaufen nehmen, aber die Vorstellung, im Schneepflug und herausgestrecktem Po an den drei Tombas vorbei zu fahren, entspricht nicht ganz meinem Bild von Unwiderstehlichkeit. »Wir sind schon ewig befreundet«, sagte Giulio gestern Nacht, in einem der seltenen Momente, als wir allein waren. »Weißt du, sie brauchen ein wenig Zeit, bis sie jemand Neues in der Gruppe akzeptieren.« Vor allem, wenn sie den ganzen Tag von der Ex-Freundin Giulios sprechen, die, wie sich herausstellte, ein deutsches Fotomodell ist und auf den Namen Trudi hört, Ttrrudi, wie sie es in bestem Deutsch aussprechen, als wären sie in Berlin geboren. Wie öde!

Montag, 17. Juli

Das sympathische Ehepaar meinte gestern beim Abschied von Giulio: »Grüß Trudi ganz herzlich von uns! Vielleicht sehen wir sie ja das nächste Wochenende!« Ich gefror zu Eis. Er sieht sie noch immer! Oder zumindest ruft er sie noch an … Als wir allein waren, konnte ich mich nicht beherrschen: »Du bist also immer noch in Kontakt mit deiner Ex- …« Und er: »Ja, weißt du, sie hat alles für mich aufgegeben: ihre Heimat, ihre Arbeit, ihre Freunde. Ich konnte sie doch nicht einfach auf der Straße stehen lassen.« »Entschuldige, wie meinst du das?« Frag nicht nach Dingen, die du nicht wissen willst, Gloria! Zu spät. »Na ja, solange sie noch nicht wieder Fuß gefasst hat als Model, wohnt sie bei mir.« Diesmal war ich es, die ›ah‹ sagte. »Ich bitte dich, sei nicht eifersüchtig, das ist vulgär, es passt nicht zu dir«, sagte er in strengem Ton. Nein, ich bin nicht nur eifersüchtig, ich bin toll vor Eifersucht wie eine Sizilianerin im Mittelalter, nein wie Othello, kurz: Ich bin außer mir vor Eifersucht! »Ich, eifersüchtig? Das fehlte noch!«, sagte ich. Ja, das fehlte noch …

Dienstag, 18. Juli

Ich muss dauernd an Trudi denken, die teutsche T-rr-udi, das teutsche Model. In Gedanken sehe ich uns nebeneinander, und das Netteste, was mir dazu einfällt, ist ›Die Schöne und das Biest‹, oder ›Vor und nach der Kur‹. Es ist ein Albtraum. Das Top-Model und die Sekretärin. Jetzt ist mir klar, warum das reizende Paar Ugoberto und Melina mich wie eine Hausangestellte behandelten!

Mittwoch, 19. Juli

Olivia hat mir einen ihrer Schlangenblicke zugeworfen. »Du warst also mit Giulio in den Bergen. Ugo und Melina haben mir alles erzählt. Hast wenigstens *du* dich amüsiert?« Schlange! Schlange!! »O ja«, antwortete ich mit einem eher angestrengten Lächeln, »vor allem, wenn Giulio und ich allein waren.« Sie sah mich mit kaum verhohlenem Mitleid an und sagte: »Bring mir einen Kaffee, Prinzessin.« Ist es eigentlich ein Verbrechen, eine Kreative umzubringen?

Donnerstag, 20. Juli

Cinzia und Andrea sind von ihrer klassischen Hochzeitsreise auf die Malediven zurückgekommen. Heute Abend habe ich sie in ihrer super-perfekten neuen Wohnung besucht und mir Hunderte von Dias angesehen. Das Sujet ›Tropischer Strand mit sonnenbadender Braut‹ kam mindestens fünfzigmal vor, gefolgt von ›Athletischer Bräutigam in den Wellen‹ und ›Die sympathischen Club-Animateure‹ – eine Schar merkwürdig gekleideter Jungs, die mit aufgerissenen Augen ins Objektiv guckten, den Mund zu einem Lächeln wie für die Zahnpasta-Werbung verzogen und die Hände neben dem Kopf, Handflächen nach vorn. Ein sicherer Beweis dafür, dass das Leben im Clubdorf negative Auswirkungen auf die psychische Gesundheit hat. »Wo verbringt ihr eure Ferien, du und Giulio?«, fragte Cinzia. Tja, die Ferien. Und vor allem, tja, Giulio.

Freitag, 21. Juli

Olivia ging an meinem Schreibtisch vorbei, zusammen mit Giacomo, mit dem sie neuerdings einen Großteil ihrer Zeit zu verbringen scheint. Höre ich deswegen nichts mehr von ihm? »Ich habe Giulio und Trudi gestern Abend bei einem Fest gesehen. Warst du denn nicht eingeladen?« Diesmal gelang es mir nicht, eine passende Antwort zu finden, und so wurde ich nur rot wie eine Tomate, während sie triumphierend abzog. »Mach dir nichts daraus«, meinte Giacomo und beugte sich zu mir, »du weißt doch, sie leidet an einem schweren Avioprivatio-Komplex.« »Woran?« »Avioprivatio. Vögelmanko«, erklärte er und schaffte es tatsächlich, mich zum Lachen zu bringen. »He, meine Telefonnummer ist immer noch dieselbe. Wenn du Lust hast zu reden, ruf mich an.« Ich mag ihn.

Samstag, 22. Juli

Giulio ist wieder einmal verschwunden, ich ertrag' es nicht länger. Was glaubt er denn, was ich bin, ein Hund, dem man pfeift, wenn man ihn braucht, um ihn wegzuschicken, wenn man etwas Besseres zu tun hat? Daniela meint, dass er sich so benimmt, weil er ein Wassermann ist, und alle Horoskope sagen, dass Wassermänner sich nicht festnageln lassen, schon gar nicht in einer Beziehung. Vielleicht ist ja was Wahres daran, aber meiner Meinung nach fahren die Wassermänner ganz gut damit! »Entschuldige, ich bin der missratene Bastard einer anständigen Frau, aber weißt du, ich kann nichts dafür, ich bin ein Wassermann.« Uff! Ich habe Giacomo angerufen. »Was bist du für ein Sternzeichen?« »Löwe.« Wollen wir morgen gemeinsam etwas unternehmen?

Sonntag, 23. Juli

Wir sind aufs Land gefahren und haben in einem Gasthof gegessen, im Freien, trotz der Hitze. Ich habe Giacomo von Giulio und Trudi erzählt. »Ja, ich weiß«, sagte er. »Ich sehe sie häufig, auch wenn mir nicht ganz klar ist, ob sie noch zusammen sind.« Dann fragte er mich: »Bist du verliebt in ihn?« »Im Augenblick bin ich vor allem wütend auf ihn. Das Problem ist nur, wenn er mich anruft, werde ich sofort wieder weich und warte auf ihn, treu wie ein Hund.« »Dich hat's ganz schön erwischt, was?« »Ja, aber er behandelt mich wirklich wie einen Hund.« »Das darfst du nicht zulassen, Gloria. Du bist ein ganz besonderer Mensch.« »Ja, klar. Die Sekretärin, die an den Wochenenden einspringt, wenn sonst niemand Zeit hat.« »Schau, die Rolle gibst du dir jetzt aber selbst! Warte nicht, bis er anruft, du bist doch nicht seine Magd! Wenn du Lust hast, ihn zu sprechen, ruf ihn an. Und lebe dein eigenes Leben, mit oder ohne ihn.« Aber was für ein Leben habe ich ohne ihn?

Montag, 24. Juli

Giacomo hatte Recht! Ich nahm den Hörer und rief Giulio an. »Ciao, Süße.« »Ciao! In welchen Gewässern segelst du zur Zeit?«, fragte ich. »Durch die Sturmfluten der Arbeit. Ich glaube, ich schicke demnächst alle zum Teufel und gehe einfach.« »Bald beginnen ja die Ferien«, sagte ich. »Und, was hast du Schönes vor?«, fragte er mich, als wären wir nur Bekannte. Ist ja auch so, wir sind schließlich kein Paar, sagte ich mir. »Ich weiß es noch nicht«, antwortete ich. »Ich habe verschiedene Möglichkeiten, bin aber noch unentschlossen.« Will heißen: nichts. »Wann schließt die Agentur?« »Vom siebten bis zum siebenundzwanzigsten August.« Vielleicht, vielleicht … »Ich fahre nach Schottland, zu Freunden, die ein Schloss haben.« Nein, es folgte keine Einladung – und Giulio weiter, mit seiner Engelsstimme: »Seit zwei Jahren schon verspreche ich ihnen, dass ich sie besuche, ich kann ihnen keinen Korb mehr geben.« Ihnen kannst du keinen Korb geben, mir schon. »Schade«, sagte ich, »ich hätte gerne ein paar Tage mit dir zusammen verbracht.« »Kommendes Wochenende fahre ich nach Sardinien, zu Ugo und Melina. Willst du mitkommen?«

Dienstag, 25. Juli

Was tun? Die Vorstellung, das ganze Wochenende den herablassenden Blicken des unsympathischsten Ehepaares der gesamten Europäischen Union ausgesetzt zu sein, schien mir so verlockend wie eine Einladung zu einer mittelalterlichen Hinrichtung. Aber ich wäre gerne mit Giulio zusammen. Giacomo hat heute schon wieder Namenstag (wie viele hat er denn pro Jahr? Heilige Glorias gibt's meines Wissens nicht mal eine halbe, das ist ungerecht!), und wir wollen heute Abend gemeinsam ins Kino gehen. Ich werde ihn um Rat fragen.

Mittwoch, 26. Juli

Gestern Abend im Kino trafen wir Dario und Mario, die zur Zeit wieder zusammen sind. Ich habe mich gefreut, sie zu sehen, Mario ist unheimlich nett, auch wenn er einem auf Dauer ein wenig auf die Nerven fallen kann. Nach dem Kino sind wir alle zusammen essen gegangen, und Giacomo war sofort Hahn im Korb bei den beiden. »Lass den Typen doch endlich!«, rief Dario aufgebracht, als ich von Giulio erzählte. »Merkst du denn nicht, dass er dich wie ein Stück Dreck behandelt?« »Warum schlägst du ihm nicht mal etwas vor?«, fiel Giacomo versöhnlich ein. »Warte nicht immer, bis er dich zu seinen versnobten Freunden schleppt!« »Und was soll ich ihm vorschlagen, Shopping im Kaufhaus Upim, weil es dort Aircondition gibt, und hinterher in eine schöne Pizzeria? Mehr ist nicht drin bei meinem Gehalt«, meinte ich resigniert, schon wieder mitten in einer Selbstmitleids-Krise. »Nun, Dadi und ich fahren im August wieder nach Marokko«, sagte Mario. »Warum kommt ihr nicht mit?«

Donnerstag, 27. Juli

Marios Idee ist gar nicht so schlecht! Da ich beschlossen habe, unter keinen Umständen nach Sardinien zu fahren (ein ganzes Wochenende mit der magersüchtigen Melina, die meine Zellulitis-Dellen zählt und Ugoberto, der ›ah‹ sagt, würde ich nicht ertragen), rief ich heute Abend Giulio an, bedankte mich für die Einladung und meinte, da ich schon die letzten drei Wochenenden auswärts verbracht hätte, würde ich gerne mal zu Hause bleiben. Während ich so ungezwungen Lügen erzählte, stichelte eine Stimme in meinem Inneren: »Idiotin, so eine Gelegenheit lässt du dir entgehen? Und wenn er Trudi mitnimmt?« Als ich auflegte, fühlte ich mich aber unglaublich gut: Ich hatte es geschafft, nein zu sagen! Ich war so gut drauf, dass ich ihn sofort noch einmal anrief und fragte, ob er morgen Abend mit mir essen gehen wolle. »Ich lade dich ein!«, bot ich ihm im Überschwang der Gefühle an. Er nahm die Einladung an, ich weiß nicht, ob meinetwegen oder wegen der Aussicht auf ein Gratis-Essen. Ich werde ihm morgen von Marokko erzählen, vielleicht hat der liebe Gott ja ein Einsehen …

Freitag, 28. Juli

»Marokko!«, rief Giulio aus, während wir in einem In-Restaurant auf das obligatorische Carpaccio mit Rucola warteten und ich krampfhaft versuchte, nicht dauernd an die Rechnung zu denken. »Ich kenne es sehr gut, wir waren schon mehrmals dort!« Wir? »Weißt du, Trudi spricht Französisch und Arabisch, und sie hat mir ganz Marokko gezeigt. Es wird dir gefallen, du wirst sehen.« Die Unterhaltung lief nicht ganz so, wie ich es wollte, deswegen versuchte ich es auf direktem Weg. »Hättest du keine Lust mitzukommen?« »Ja schon, aber ich hab dir doch gesagt, dass ich nach Schottland fahre – außerdem hat Trudi schon die Tickets besorgt.« TRUDI?!? »Ah«, sagte ich, und das Carpaccio blieb mir im Hals stecken. »Fahrt ihr gemeinsam nach Schottland?« »Die Ärmste wusste nicht, was sie in den Ferien machen sollte.« Arme, arme Trudi, mir bricht das Herz! Zum Glück habe ich ja jede Menge Alternativen für die Ferien: Badezimmer, Wohnzimmer, Küche, Schlafzimmer. Großartig, ich werde mich königlich amüsieren! Im Unterschied zur armen Trudi, die mit dem Mann, den ich liebe, nach Schottland fahren muss. Wie Leid sie mir tut! Wo heuert man einen Killer an?

Samstag, 29. Juli

Während ich mir vorstellte, wie die beiden als Highlander verkleideten Turteltäubchen sich küssen, im Hintergrund die romantische Kulisse Schottlands, und dabei meine Finger ineinander verflocht, als ob das Knacken der Knöchel auf magische Weise eine Riesenschnitte Brot mit Nutella herbeizaubern könnte, klingelte es an der Türsprechanlage. »Ich bins, Giulio. Kann ich raufkommen?« GIULIO?!? War er denn nicht in Sardinien mit den zwei Ekelpaketen? Panik. Ich im Slip, ungeschminkt, meine Wohnung ein neorealistischer Albtraum. »J … ja. Dritter Stock«, sagte ich, während ich mir ein Kleid schnappte, mich frisierte und gleichzeitig mit Deo besprühte. Als Giulio klopfte, stopfte ich gerade einen Stapel Zeitungsbeilagen zum Thema ›Die Freuden des Sex‹ unter das Sofa. »Ci-a-oo«, miaute ich und versuchte, möglichst ruhig zu atmen. »Ich dachte, du bist in Sardinien …« »Was soll ich denn am Meer ohne dich?«, erwiderte er. Dann sah er mich an und meinte: »Ohne Schminke siehst du aus wie ein junges Mädchen.« Als wir auf das Sofa sanken, flüsterte ich: »Warte …« »Was?« »Ich will nicht ohne Präservativ.« »Schade, ich habe keines.« »Schade, ich aber.« »Schade, ich will es aber nicht.« Ich dachte an Trudi, die Arabisch spricht, und an alle anderen. Dann sagte ich: »Schade, ohne geht nichts.« Schließlich trug ich den Sieg davon. Nach einer nicht enden wollenden Diskussion über die Zweckmäßigkeit von Präservativen (mit so glorreichen Beiträgen Giulios wie ›Ich wäre doch besser ans Meer gefahren‹ und ›Hätte ich Aids, wärst du jetzt schon längst HIV-positiv‹) und angesichts meines kategorischen Nein zu Sex ohne, gab er schließlich nach, und zwar mit einer solchen Leidensmiene, dass ich schon drauf und dran war, ihm zu sagen: ›Okay, der Wille steht für die Tat, lass es!‹ Seine Befürchtungen aber, dass Präservative ihn impotent machten, traf keineswegs zu, im Gegenteil: Die (kurze) Zeit, die wir nicht in der Horizontalen verbrachten, war er zärtlich und süß. Wie ein Kater umschnurrte er mich, sagte mir, wie gern er mit mir zusammen sei, zitierte Gedichte eines Arabers namens Caiàm (ich will nicht wissen, wer sie ihm beigebracht hat). Dann ging er sogar Champagner kaufen, im Restaurant, zu einem Wahnsinnspreis. Als ich ihm gerade gestehen wollte, dass ich ihn liebe und wie fantastisch ich ihn finde, sagte er: »Ich hoffe, dass dir diese zwei Tage in guter Erinnerung bleiben. Morgen fahre ich nach Schottland – wir sehen uns Ende August wieder.«

Montag, 31. Juli

Er und die Teutsche Kuh, gemeinsam im Flugzeug, im schottischen Schloss, zu Pferd, im Bett … tagelang zusammen. Er, der sie ansieht, wie er mich angesehen hat, er, der sie küsst, wie er mich geküsst hat, der sie von hinten umarmt und ihr verliebte Worte in die Halsgrube flüstert, während der Wind ihr das mit Sicherheit blonde Haar zerzaust … Ich sitze an meinem blöden Schreibtisch und zergehe vor Verzweiflung, Giulio fehlt mir so sehr. Mein Magen brennt vor Eifersucht, und alle zwei Minuten renne ich zur Toilette um zu weinen. Im Geiste lasse ich jeden einzelnen Augenblick der beiden letzten Tage Revue passieren, was zur Folge hat, dass es mir noch schlechter geht. Warum ist er mit ihr nach Schottland gefahren, wenn ich ihm doch so gut gefalle? Und wenn sie wirklich nur gute Freunde sind, warum hat er mich dann nicht mitgenommen? Und warum wollen alle Männer, die ich liebe, immer eine andere? Gibt es denn keine Frau auf der ganzen Welt, für die ich mal ›die andere‹ bin?

August

Vor lauter Baucheinziehen habe ich Muskelkater

Dienstag, 1. August

Giacomo hat mich nach Geschäftsschluss zu einem Aperitif eingeladen. »Dario und Mario sind echt sympathisch«, sagte er, noch bevor ich loslegen konnte, über meinen beklagenswerten Zustand der armen Alleingelassenen zu jammern. »Weißt du, was ich beschlossen habe? Ich werde mit ihnen nach Marokko fahren?« »Wie schö …« stammelte ich, dann brach ich in Tränen aus, noch bevor ich den Satz vollenden konnte. Aus meinen Augen schossen die reinsten Sturzbäche. »Gloria …, was habe ich denn gesagt?«, murmelte Giacomo verdutzt, von den anderen Tischen trafen uns verwunderte Blicke. »Aaa-llle fahren weg, nur mich will niiiemand …«, heulte ich. »Giu … Giulio ist mit der arabischen Deutschen im Urlaub, d … du fährst nach M-marokko mit meinen Freunden … verstehst du? *Meinen* Freunde… sogar Daniela hat es geschafft, Vanni dem Schrecklichen einen kleinen Urlaub abzuluchsen …«, heule ich. »UND ICH BIN HIER MUTTERSEELENALLEIN … warumnurmagmichniemand???« Giacomo stand verstört auf und ließ mich allein mit meinem Unglück. Mein Anblick war so Mitleid erregend, dass einer der Kellner auf mich zukam und sagte: »Wenn Sie wollen, frage ich meinen Schwiegersohn, ob er Ihnen ein Zimmer in seinem Hotel in Lamezia Terme reservieren kann.« »Danke, Domenico«, sagte Giacomo, der zum Tisch zurückkam. »Aber die Signorina hat bereits eine Reservierung für den achten August für den Flug über Casablanca nach Marrakesch.« »Buuuuh ... Nicht mal in Riccione finde ich noch ... WAS¿!¿« »Ich habe gerade einen Freund bei der Royal Air Maroc angerufen und einen Flug für dich reserviert. Am achten August ist mein Geburtstag. Machst du mir ein Geburtstagsgeschenk und kommst mit mir und *deinen* Freunden mit nach Marokko¿«

Donnerstag, 3. August

Was trägt man in Marokko¿ Es wird schrecklich heiß sein, aber die Marokkaner sind Moslems, vielleicht sollte ich einen Schleier tragen. Ich muss Dario fragen, der schon mal in Tanger war, wo er sich in die Gay-Szene stürzte. Morgen muss ich außerdem ein Geschenk für Giacomo kaufen, der sich ein Schloss in Schottland verdient hätte. Oh, das wollte ich jetzt nicht sagen! Na gut, ich gebe es ja zu, der Gedanke an Giulio kehrt mit der Vehemenz und Regelmäßigkeit eines Presslufthammers immer wieder, doch die Aussicht, mit meinen Freunden wegzufahren, öffnet ein Fenster, und ich kann nun schon etwas freier atmen. Auch wenn ich mich frage, ob sie mich nicht nur aus Mitleid eingeladen haben. Uff!

Freitag, 4. August

Die Tatsache, dass Werbeagenturen im Sommer am Freitag schon um dreizehn Uhr schließen, ist das Beste, was wir nach der Coca Cola, den Tomaten und George Clooney von Amerika übernommen haben. Ich habe für Giacomo einen beigefarbenen Rucksack gekauft und einen Hut aus dem gleichen Stoff mit der Aufschrift ›Globetrotter‹. Außerdem habe ich noch ein Reise-Rasierzeug gekauft, eine Taschenlampe mit Flaschenöffner und Schraubenzieher, Kaugummis, Bonbons, Kekse, eine Thermosflasche und einen Reiseführer für Marokko, so dass der Rucksack voller kleiner Päckchen ist. Es hat ziemlich viel gekostet, aber Giacomo ist ein echter Schatz, und er hat mich schon wieder mal aus einer schlimmen Lage befreit. Die Tage vergehen mit Reisevorbereitungen, das Problem sind die Abende, wenn ich allein zu Hause sitze und an Giulio und Trudi mit dem deutschen R denken muss. Nachdem ich mich heute Abend zwei Stunden lang in Masochismus geübt habe, in dem mir Giulio im Kilt vorstellte und Trudi, die ihm die behaarten Schenkel streichelt, rief ich Nadia an, um mir die Karten legen zu lassen. Zum Glück ist sie noch nicht im Urlaub: Morgen um vierzehn Uhr bin ich bei ihr.

Samstag, 5. August

»Hast du den dunkelhaarigen Mann getroffen?« »Ja.« »Ach ja, da ist er ja. Und was willst du wissen?« »Es gibt einige Probleme.« »Ja tatsächlich, da ist die Drei der Stäbe, das bedeutet Probleme. Hat er eine andere?« »Das will ich eigentlich von dir wissen, entschuldige! Du bist die Kartenlegerin!« »Hier ist eine Frau, die nicht deine Freundin ist.« Ja, gut, das kann auch Olivia sein. »Ist sie Italienerin?«, fragte ich. »Lass uns mal genauer schauen, gib mir drei Karten. Mit der Linken! Mhm, ja, eine Frau. Hier ist sie: die Stäbe.« Ich finde ja nicht, dass Stäbe Brüste haben, aber ich vertraue ihr. »Und da ist auch die Auslandskarte!« Ich wusste es, ich wusste es, verdammt sei der Moment, als die Fotomodelle erschaffen wurden! »Das könnte allerdings auch eine Reise sein … Fährst du weg in den Ferien?« Ja, natürlich, wir haben den 5. August … »Hier ist etwas nicht ganz klar. Sehen wir uns an, was bei ihm ist. Er ist unentschlossen … Er liebt dich, aber er weiß nicht, was er tun soll. Er glaubt, dass du an einen anderen denkst.« »Aber das ist nicht wahr!« »Schauen wir also bei dir. Hm, hier sehe ich einen anderen: Da sind zwei Männer.« »Was soll das heißen, zwei Männer?« »Das sagen die Karten. Und da ist auch eine Reise … und zwei Männer.« Dario und Mario! Sie sind die beiden Männer. »Sind sie schwul?«, fragte ich sie. »Wie soll ich das wissen? Du stellst mir vielleicht Fragen … Also, ich habe jetzt zu tun, ich muss noch packen. Das macht dann hunderttausend Lire.«

Montag, 7. August

Letzter Tag vor der Abreise. Mein Koffer ist voll mit langärmeligen T-Shirts und knöchellangen Röcken, denn irgendwo habe ich gelesen, dass es für Moslems eine Beleidigung ist, unsere unbekleideten Arme und Beine zu sehen. Außerdem habe ich noch zwei Tücher eingepackt, Leihgaben von Tante Nora, man kann ja nie wissen. Eine Frage ließ mir allerdings keine Ruhe. Schließlich hielt ich's nicht mehr aus und rief Giacomo an: »Du hast mich doch nicht etwa nur aus Mitleid gefragt, ob ich mitfahre?« »Nein, aber es ist nur aus Mitleid, dass ich mir einen derartigen Blödsinn am Telefon anhöre. Wenn du das von mir denkst, dann bist du dümmer, als du glaubst. Und außerdem beleidigst du mich damit.« »Wirklich?« »Noch eine derartige Frage, und du fliegst morgen allein. Ciao, du Königin des Selbstbewusstseins.« Ciao, großer Freund.

Dienstag, 8. August

Sechs Uhr früh. Flughafen. Giacomo und ich sehen aus wie durch den Fleischwolf gedreht. Nach vier Espressos sind die Verbindungen in unseren Gehirnen wieder soweit hergestellt, dass wir bemerken, dass wir beide keine Stempelmarke im Pass haben. Sprint zum Postamt im Terminal, das natürlich erst um sieben öffnet. Während wir auf die diensteifrigen Postbeamten warten, reiche ich Giacomo mit einem eilig gemurmelten: »Alles Gute zum Geburtstag!« den Rucksack, den ich auf den Schultern getragen habe. Er sieht mich erstaunt an. »Giacomo, der Rucksack! Nimm ihn, er gehört dir! Herzlichen Glückwunsch!« »Du schenkst mir einen vollen Rucksack?«, fragt er. Vielleicht braucht er noch einen Espresso. Dann öffnet er den Rucksack und fängt an, wie ein Kind all die Päckchen auszuwickeln, wobei er verzückte Schreie ausstößt. Man muss schon sagen, es ist überaus befriedigend, ihm Geschenke zu machen. Schließlich blickt er mich mit glänzenden Augen an und sagt: »Mein ganzes Leben habe ich von so etwas geträumt, mit all den Päckchen zum Auswickeln, und … Gloria, du bist ein Schatz! Komm her!« Und er drückt mich ganz, ganz fest.

Mittwoch, 9. August

Marrakesch schmort in der Hitze wie eine Lammkeule im Ofen, aber es ist auch so würzig wie ein Braten. In den Straßen duftet es nach fremdartigen Gewürzen, und alle wollen einem etwas verkaufen. Zum Glück ist Giacomo dabei, der Französisch spricht und mit allen handelt. Dario und Mario kommen erst heute Abend aus Tanger, so dass wir heute Nachmittag einen Führer mit dem originellen Namen

Mohammed nahmen, der mit uns einen Rundgang durch die Stadt machte. Dann drangen wir in den Souk ein, ein unwahrscheinlicher Ort: Ich hätte einfach alles gekauft, doch Giacomo erklärte jedem Marokkaner, der sich mir näherte (sofort wurde ich als die klassische Touristin erkannt, die man ganz leicht übers Ohr hauen kann), dass er mein Mann sei, und deshalb lehnte er in meinem Namen alle Angebote ab, die ich aber natürlich unbedingt sehen und mir nicht entgehen lassen wollte ... Es endete damit, dass wir uns wie ein Ehepaar zankten, während die Marokkaner geduldig und mit undurchdringlichen Blicken auf den Ausgang des Matches warteten. Schließlich meinte Giacomo, dass wir am Ende unserer Reise noch einmal nach Marrakesch kommen würden und dass es einfach sinnlos sei, sich jetzt – vor unserer Wüstentour – mit Einkäufen zu bepacken. Ich kapitulierte, und wir gingen ins Hotel zurück – allerdings nur unter der Bedingung, wenigstens ein Paar von den typischen Ali-Baba-Pantoffeln zu kaufen.

Donnerstag, 10. August

Abfahrt in den Süden Marokkos! Schon der Jeep ist eine Legende: Er scheint aus einem Film mit Indiana Jones zu stammen, und da er keine Klimaanlage hat, reisen wir mit heruntergekurbelten Fenstern ... Heute nächtigen wir auf dem Atlas (» Einem De Agostini-Atlas)¿« fragte ich und wurde prompt die nächste halbe Stunde deswegen aufgezogen). Hoffentlich ist es dort tagsüber nicht ganz so heiß! Nachts zittert man vor Kälte, und ich habe natürlich nur einen Sommer-Pyjama von Five to Nine dabei, seeeehr hübsch, aber seeehr leicht. So schwitze ich tagsüber in meinen langärmeligen T-Shirts, die der Reiseführer empfahl (im Übrigen bin ich die einzige Touristin in ganz Afrika, die so bedeckt herumläuft), während ich nachts den einzigen Pulli trage, den ich mitgenommen habe. Was mich geradezu umwerfend aussehen lässt, wie man sich vorstellen kann. Zum Glück ist Giulio nicht hier ...

Freitag, 11. August

Heute ist Feiertag für die Moslems. Die Landschaft ringsumher ist atemberaubend schön: rote, vom Wind zerfressene Berge, tiefe Canyons, Dörfer aus Stroh und Lehm, die sich in der Weite verlieren. Und das alles erlebe ich gemeinsam mit drei wunderbaren Freunden! Es geht mir so gut, und Giulio fehlt mir so sehr. »Was hast du?«, fragte Giacomo mich, und sah mir dabei ins Gesicht. »Ich würde mir so sehr wünschen, dass Giulio hier bei mir ist, statt irgendwo im romantischen Schottland beim Golfspielen mit seiner Trudi.« »Weißt du, was George Bernard Shaw gesagt hat? ›Um Golf zu spielen, muss man nicht unbedingt dumm sein, aber es hilft!‹« »Giulio ist nicht dumm!« »O doch. Hier ist eine fantastische Frau, die gerne bei ihm wäre, und er ist ohne sie nach Schottland gefahren. Das nenne ich Dummheit.« »Du bist ein echter Freund, Jack!«, rief ich lachend, mit feuchten Augen vor Dankbarkeit. »Und ich mag dich!!«

Samstag, 12. August

Wenn man Sternschnuppen betrachtet, erscheint einem auch eine so hässliche Stadt wie der neue Teil von Quarzazate plötzlich schön. »Hast du dir was gewünscht?«, fragte

Mario Dario. »Ja, für jede Sternschnuppe etwas!« Ich auch, aber ich habe mir immer dasselbe gewünscht: Ich möchte den richtigen Mann finden, und am besten heißt er Giulio Righi! »Ich habe mir gewünscht, dass wir kein Couscous mit Tahina mehr essen müssen!«, sagte Giacomo. Es schmeckt vorzüglich, wenn man es ein, zwei- oder dreimal isst, aber seit wir in Marokko sind, essen wir nichts anderes. Jedes Spezial-Menü besteht aus Couscous und Tahina – ebenso wie jedes normale Essen ... Mit der märchenhaften, von den Reiseführern gepriesenen Vielfältigkeit der marokkanischen Küche scheint es mir ehrlich gesagt nicht weit her zu sein.

Sonntag, 13. August

Während wir über die schmalen und engen Straßen von Ait Benhaddou fuhren, fühlten wir uns wie in Palästina, zu Zeiten Jesu. Wir betraten eines der Dorfhäuser, nachdem wir vorher das offensichtlich unvermeidliche Bakschisch bezahlt hatten. Im lehmroten Innenhof, zwischen Mauern aus rotem Lehm, teilen sich Schafe, Esel, Enten, Katzen und Menschen denselben Raum, und alle schöpfen aus demselben grauschwarzen Brunnenloch ihr Wasser. Im Allgemeinen arbeiten die Frauen wie Sklavinnen, während die Männer sich von morgens bis abends dem Müßiggang hingeben, was meinen drei Kavalieren natürlich großen Eindruck machte; ich danke Gott (Allah?), dass ich in Italien geboren bin. Dort ist die Diskriminierung wenigstens nicht so offensichtlich! Hier kann jeder Mann vier Frauen heiraten: der ideale Ort für Giulio! Ich muss gestehen, dass ich mich großartig fühle als einzige Frau mit drei Männern, vor allem angesichts der moslemischen Traditionen – und jetzt, wo ich darüber nachdenke, scheint mir dies der geradezu ideale

Moment, eine Ansichtskarte an Sissy-Mamma zu schreiben, mit meinem Namen eingerahmt von denen der drei Männer, wie Wanda Osiris mit ihren Boys! Dario und Mario sind zwar schwul, aber trotzdem Männer, oder?

Montag, 14. August

Wir sind im Dra-Tal, mitten in einer Oase. Giacomo bleibt bei jeder zweiten Dattelpalme stehen und unterhält sich mit allen, die Kinder springen lachend um ihn herum und versuchen, seine feuerroten Haare zu berühren. Gestern Nacht mussten wir uns ein kleines Zimmer im Hotel von Ait Benhaddou teilen, weil alles ausgebucht war. Wir unterhielten uns und kicherten bis spät in die Nacht wie zwei Teenager. »Da wir im selben Zimmer schlafen, kannst du mir ja eigentlich erzählen, wie es deiner Freundin geht«, sagte ich. »Welcher?« »Wie, welcher? Der, vor der ich dich an jenem denkwürdigen Sonntag der Großen Schmach retten wollte!« »Ich habe keinen blassen Schimmer. Wir hatten großartigen Sex, aber die Unterhaltung in den Pausen war ein Drama. Auf jeden Fall war sie es, die Schluss gemacht hat.« »Warum?«, fragte ich, ohne zu überlegen, dass mich das eigentlich nichts anging. »Weil mein Pimmel nicht will, wenn mein Kopf nicht bei der Sache ist.« Welch erstaunliche Aussage für einen Mann! Hätte ich ihn nicht in Action gesehen, ich würde schwören, er ist schwul.

Dienstag, 15. August

Heute sind wir in Zagora angekommen – und haben gestreikt. Trotz all unserer Pläne verbrachten wir den ganzen

Tag am und im Pool des Hotels, aßen Couscous und Tahina, Tahina und Couscous. Wir fühlten uns rundherum wohl, und ich vergaß beinah, dass ich im Badeanzug war. Na ja, nicht ganz: Vor lauter Baucheinziehen habe ich jetzt Muskelkater.

Mittwoch, 16. August

Ich habe einen Teppich gekauft! Einen wunderschönen Tuareg-Teppich, genau richtig für meine Wohnung! Natürlich hat ›mein Mann‹ Giacomo die Verhandlungen geführt. Über drei Stunden lang (nein, das ist kein Scherz!) dauerte das Ritual, bei dem Giacomo und der Verkäufer mal schnaubten, mal den Kopf schüttelten, sich aber nie aus den Augen ließen. Alle zwanzig Minuten wurde in der vom Pfefferminztee schweren Luft ein Preis genannt, gefolgt von fünfzehnminütigem Schnauben, Nachdenken, Positionswechseln – um den Teppich von allen Seiten zu sehen –, Brummen, Seufzen.

In der Zwischenzeit gelang es dem Cousin des Verkäufers, vor dem Göttlichen und Mario eine Serie von, wie er sagte, antiken Gegenständen aufzubauen, für die er einen vollkommen überhöhten Preis verlangte, als er bemerkte, wie Dario ihn mit feuchten Augen anstarrte. Ein eindeutiges Zeichen dafür, dass der Göttliche gerade dabei war, dem arabischen Charme zu erliegen. Auch Mario bemerkte es und verließ zutiefst beleidigt als Erster den Laden. Ein wenig später ging auch Dario, um ihn zu suchen; auch ich wäre gern gegangen, aber ich konnte Giacomo nicht allein lassen, schließlich handelte er um *meinen* Teppich. »Bei welchem Preis seid ihr?«, fragte ich ihn. »Etwas mehr als die Hälfte des Anfangspreises.« »Dann kauf ihn, und lass uns gehen!« »Gute Idee«, sagte Jack, nahm mich am Arm und ging mit mir zur Türe. »Und der Teppich?«, flüsterte ich. Ich erhielt keine Antwort, denn der Verkäufer lief schon hinter Giacomo her und rief: »Vien ici, mon ami! Bon pri pour toi!« Giacomo sah mich komplizenhaft an und ging in den Laden zurück, um weiter zu verhandeln, bei einem weiteren Pfefferminztee. Ich gab auf und ging ins Hotel zurück. Nach einer Stunde kam Giacomo mit der Teppichrolle unter dem Arm und rief: »Dreihunderttausend!« »Wie hast du das geschafft? Er wollte doch eigentlich achthunderttausend dafür.« »Ich bin ein Magier ... Rajid hat uns übrigens zum Abendessen eingeladen!«

Donnerstag, 17. August

Wir aßen Couscous und Tahina, aber mit den Fingern, und in einem marokkanischem Haus, und wir saßen auf dem Boden. Es schmeckte alles viel besser als sonst! Beim Nachtisch habe ich – natürlich – Regel Nummer eins missachtet: Niemals mit der Linken etwas von der Platte nehmen. Ich habe mich zu Tode geschämt, vor allem, weil nun keiner von Rajids (oder wie auch immer der Verkäufer heißt) Familie sich etwas von jener Platte mehr nahm. Giacomo sagte mir, ich sollte so tun, als hätte ich nichts bemerkt, aber dann verabschiedeten wir uns so bald wie möglich. Im Hotel trafen wir Dario und Mario, die sich wegen des Marokkaners stritten: »Er oder ich!«, forderte Mario. Ich glaube nicht, dass Dario viel Zeit für ein Techtelmechtel mit dem Marokkaner bleibt, heute Nachmittag um zwei Uhr fahren wir für zwei Tage in die Wüste, um den Sonnenuntergang in den Sanddünen zu erleben. Ich bin schon ganz aufgeregt: Heute Nacht schlafe ich in der Sahara!

Freitag, 18. August

Die Wüste ist ein magischer Ort! Die Stille ist vollkommener als irgendwo sonst auf dieser Welt, und der Himmel ist mit so vielen Sternen übersät, wie ich es nie für möglich gehalten hätte. Wir haben in den Zelten der Tuareg geschlafen und Couscous und Tahina im Gemeinschaftszelt gegessen. Außer uns waren noch zwei Franzosen dabei, die, total ineinander verschlungen, es beinah vor allen getrieben hätten, und vier sympathische spanische Touristen mit feurigem, leicht umnebeltem Blick. Wir stiegen auf eine Sanddüne (unglaublich mühsam, für jeden Schritt bergauf rutscht man zwei zurück!) und fühlten uns alle wie Lawrence von Arabien, schon deswegen, weil die Führer uns Tuareg-Turbane auf den Kopf gesetzt hatten! Dario sah aus wie ein Champignon, ich wie ein Steinpilz, Giacomo und Mario hingegen standen die Turbane echt gut. Eine der Spanierinnen, ein hübsches Mädchen namens Mercedes, hatte es offensichtlich auf Giacomo abgesehen, und er war honigsüß mit ihr, was mich ziemlich auf die Palme brachte. Mit seinem Turban und der Spanierin im Gefolge fand ich ihn gar nicht übel! Allmählich steigt mir wohl die Sonne zu Kopf.

Samstag, 19. August

Dromedare sind die unbequemsten, stinkendsten, mürrischsten und dümmsten Tiere auf der Welt. Außerdem spucken sie. Meines versuchte sogar, mich zu beißen, dann hat es sich plötzlich hingesetzt, mit dem Ergebnis, dass ich in hohem Bogen nach vorne in den Sand geschleudert wurde, sehr zur Erheiterung der Marokkaner, die schamlos grinsten. Aber am meisten traf mich, dass mein lieber guter

Freund Giacomo, der im Dromedarsattel sitzt, als wäre er dort geboren, keinerlei Anstalten machte, abzusteigen und mir zu helfen, sondern seinen romantischen Ausritt mit Mercedes fortsetzte (der ich wünsche, dass sie sich bei jedem ihrer dämlichen spanischen S in die Zunge beißt!).

Sonntag, 20. August

Auf dem Rückweg nach Zagora habe ich jedes Mal, wenn von Giacomo versucht, ein Gespräch mit mir anzuknüpfen, einsilbig geantwortet, während ich *super-freundlich* mit Dario und Mario war. Nach einer Weile hatte ich genug von dem dummen Spiel, doch Giacomo tat so, als hätte er es nicht bemerkt, und so musste ich wohl oder übel weiter machen. Mario und der Göttliche machten sich ununterbrochen lustig über Jack (wie auch sie ihn jetzt nennen) und redeten ihn in einer Art spanischem Italienisch an. Zurück im Hotel, habe ich mich an den Rand des Pools gesetzt, offensichtlich vertieft in die Lektüre von *Erklärt Pereira* von Antonio Tabucchi (leider ein Geschenk von Giacomo, aber ich habe kein anderes Buch dabei). »Vamos amigos, wir drehen eine kleine Runde!«, sagten die beiden Komiker. »Ich lese«, meinte ich. »Ich …«, sagte Giacomo unschlüssig. »La spagnolita està im Hotel La Fiboule. Vengas, amigo¿« »Okay, ich komme!«, sagte Giacomo, und sie ließen mich einfach am Pool sitzen. Ich hasse sie alle drei.

Montag, 21. August

Gestern Abend waren wir gemeinsam mit den Spaniern essen. Ich ging mit, da ich keine Lust hatte, allein im Hotel zu bleiben. Außerdem ist Giacomo ja nicht mein Boy-Friend, und eigentlich müsste ich froh sein, dass er eine hübsche Spanierin aufgerissen hat, die so ganz Pfeffer ist – den ich ihr übrigens am liebsten in den Hintern schießen würde. Ich weiß, es ist ungerecht, aber ich habe mich schon so daran gewöhnt, dass er mich umsorgt: Bei Giacomo fühle ich mich immer wichtig, und dass ich jetzt auf den zweiten Platz rutsche, gefällt mir ganz und gar nicht. Da es aber einfach idiotisch ist, auf Freunde eifersüchtig zu sein, habe ich mich bemüht, nett mit dem Zischenden S zu sein, und Giacomo dankte mir bei der erstbesten Gelegenheit mit einer Umarmung. Ich habe gemerkt, dass ich eine ziemlich schlechte Freundin war, aber ich bin froh, dass ich nun wieder mit ihm spreche. Und überhaupt fahren wir heute zurück nach Quarazate, so dass die Spanierin ohnehin nicht mehr bei uns ist. Es ist ungerecht ihr gegenüber: Aber ich kann es nicht erwarten, dass wir endlich abfahren.

Dienstag, 22. August

Auch heute waren wir den ganzen Tag am Pool: Wir haben beschlossen, es uns noch einmal so richtig gut gehen zu lassen, denn das Abenteurerleben ist zwar schön, aber man braucht hinterher noch einen Urlaub, um sich davon zu erholen. »Es schmeichelt mir richtig, dass du eifersüchtig auf Mercedes bist«, sagte Giacomo plötzlich. »Ich bin nicht auf sie eifersüchtig, sondern auf dich«, antwortete ich und wunderte mich, wie wahr dieser Satz war. »Das schmeichelt mir ja noch mehr!«, meinte er lachend, und alles war wieder eitel Wonne und Sonnenschein.

Mittwoch, 23. August

Die letzten zwei Tage in Marrakesch verbringen wir abwechselnd im Souk und im Pool des Hotels, des schönsten von allen, als großes Finale der Reise. Das Leben ist hart … Mercedes, das scharfe Gift, ist keineswegs spurlos verschwunden: Heute hat sie Giacomo auf seinem Handy angerufen, um ihm mitzuteilen, dass sie morgen in Marrakesch ankommt und dass sie zusammen essen gehen könnten. Super Idee! Vor allem, weil Dario und Mario heute nach Tanger zurückfahren, wo sie noch eine Woche bleiben, die Glücklichen. Giacomo war das Ganze so unangenehm, dass ich es nicht übers Herz brachte, ihm zu sagen, was ich wirklich dachte, nämlich, dass ich ihm am liebsten die Eier abschneiden würde, wenn er mich am letzten Abend allein ließ. Im Gegenteil, ich habe ihn sogar dazu gedrängt, mit der Spanierin auszugehen, und habe so getan, als wollte ich in Ruhe meine Koffer packen. Im Grunde ist es ein fast perfekter Urlaub gewesen, und ich habe auch gar nicht so oft an Giulio und seine teutsche Trudi gedacht: Mehr kann ich nicht verlangen.

Donnerstag, 24. August

Um sieben Uhr abends verschwand Giacomo, um sich mit Mercedes zu treffen. Mit Leidensmiene packte ich meinen Koffer, als das Telefon klingete. »Komm runter.« Es war Giacomo. »Es ist halb neun! Giacomo, was tust du noch im Hotel¿!¿« »Komm runter!«, und schon hatte er aufgehängt. Vor dem Hotel wartete mein edler Ritter in einem der offiziellen Taxis, die viel teurer und viel schöner sind als die Mini-Taxis, die wir bisher immer genommen hatten. »Danke, Jack, aber ich möchte nicht als fünftes Rad am Wagen mit euch essen gehen.« »Keine Angst, das ist der einzige Mercedes, den du heute Abend zu sehen bekommst«, sagte er und deutete auf das Taxi. »Und die Spanierin?« »Ich habe mich vor einer halben Stunde von ihr verabschiedet. Heute ist der letzte Abend unseres Urlaubs, und den möchte ich ganz groß mit dir feiern.« Ich fiel ihm um den Hals. Das Taxi hielt in der Medina, wo uns ein Marokkaner erwartete, der in eine elegante weiße Djellabah gekleidet war und eine Laterne in der Hand trug. Wir folgten ihm durch die völlig leeren Straßen des Souk, und ich kam mir vor wie in einem Spionagefilm aus den fünfziger Jahren. Schließlich betätigte unser Führer einen Türklopfer, ein Tor öffnete sich, und ich fand mich in Tausendundeiner Nacht wieder: Wir standen in einem über und über mit Mosaiken und Teppichen geschmückten Palast mit einem märchenhaften Speisesaal. Feinstes Geschirr, silbernes Besteck, und die Tische mit Rosenblütenblättern bestreut … Zwei Musiker spielten eine Musik, die für arabische Verhältnisse erstaunlich weich klang und durch das Plätschern des Brunnens in der Saalmitte untermalt wurde. Ich traute meinen Augen nicht – es war wie ein Traum, und ich konnte nicht aufhören, immer neue Details zu sehen: Von einem solchen Luxus hatte ich in meinem ganzen Leben noch nicht einmal geträumt. Ein Kellner erschien mit einer Teekanne, und mit entrücktem Blick hielt ich ihm mein Glas hin. Er sah mich indigniert an und brummte etwas. Errötend reichte ich ihm das andere Glas. »Das ist Rosenwasser, für die Hände«, flüsterte Giacomo und lächelnd meinte er: »Zum Glück ist er zuerst zu dir gekommen …. Danke, so hast du mich vor einer Blamage bewahrt!« Es war ein wunder-wunderschöner Abend. Unvergesslich.

Samstag, 26. August

Ich bin wieder zu Hause. In der Stadt ist es immer noch heiß, doch nicht mehr drückend. In der Luft liegt schon eine erste Idee von Herbst. Ich habe den ganzen Tag geschlafen. Marokko ist verschlossen in den Gewürzdöschen, die ich mitgebracht habe, und hin und wieder öffne ich sie, um wie eine Drogensüchtige daran zu schnuppern. Mir erscheint noch immer alles wie ein Traum: Marrakesch, die Wüste, das Restaurant am letzten Abend … Der Urlaub war so wunderschön, dass ich unbedingt Giulio davon erzählen möchte. Wer weiß, ob er schon zurück ist?

Sonntag, 27. August

Mittagessen bei Tante Nora. Ich habe ohne Unterlass von Marokko erzählt. Beim Kaffee gelang es Tante Nora, sich in meinen Redestrom einzuschleusen: »Deine Freunde scheinen wirklich sehr sympathisch zu sein. Warum bringst du sie nicht mal mit zum Mittagessen? O Gott, ich habe Tante Nora verschwiegen, dass Dario und Mario ein Paar sind, sie ist zwar eine fantastische Frau, aber wenn es um gewisse Dinge geht. etwas festgefahren in ihren Ansichten … Natürlich würde sie nichts sagen, aber sie würde sie unaufhörlich anstarren, als wären sie Aliens. Bei einer Sache bin ich mir sicher, Tante: Giacomo würde dir gut gefallen, und du ihm!

Dienstag, 29. August

Der Alltag hat wieder begonnen! Ich wusste gar nicht mehr, wie grauenvoll es ist, morgens um sieben aufzustehen. Zu meiner großen Befriedigung habe ich diesmal eine intensivere Bräune als Olivia!! In den vier Jahren, die ich hier bin, ist das noch nie passiert.

Wie furchtbar langweilig die Arbeit ist! Kein Heiliger könnte besser zum Ausdruck bringen, wie ich mich fühle, als die, denen der heutige Tag geweiht ist: die heiligen Märtyrer. Von Giulio keine Nachricht. Seit ich zurück bin, habe ich schreckliche Lust, ihn zu sehen, aber ich traue mich nicht, ihn anzurufen. Und wenn er mich nicht mehr sehen will? Wenn er wieder mit der teutschen Kuh zusammen ist? Ich warte noch bis Anfang September.

Donnerstag, 31. August

Ein negativer Aspekt des Wartens, das heißt, das eigentliche Hauptproblem ist, dass meine Bräune verblasst!! Ich hätte ihn so gerne damit überrascht, aber wahrscheinlich sehe ich ihn erst, wenn mein schönes Braun einem futuristischen Muster gelblicher Flecken Platz gemacht hat … Vielleicht sollte ich ins Bräunungsstudio gehen. Am Samstag kaufe ich mir einen Block für zehn Sitzungen.

September

Wer dir weh tut, liebt dich nicht

Samstag, 2. September

Wau! Als mich die Angestellte von der ›Sonneninsel‹ sah, wo ich meine Bräune mit UV-Licht auffrische, rief sie: »Sie sind doch die Dame aus der Eis-Werbung?« Slim Ice scheint diesen Sommer der große Renner in der Fernsehwerbung gewesen zu sein. Ich habe unendliche Lust, Giulio zu sehen. Jetzt, wo ich auch noch berühmt bin!

Sonntag, 3. September

Wieder mal ein einsamer Sonntag. Es ist ganz schön hart, sich an das tägliche Einerlei zu gewöhnen. Vor allem weiß ich nicht, was ich mit Giulio machen soll, der natürlich nicht anruft. Vielleicht hat er mich vergessen. Wahrscheinlich war ich für ihn nur ein Zeitvertreib, und ich bin mir nicht mal sicher, ob ein angenehmer. Was bilde ich mir denn eigentlich ein? Dass ein toller Typ wie Giulio, ein erfolgreicher Manager mit reichen Freunden, Wochenenden in den Bergen und Schlössern in Schottland irgendetwas mit einer gewöhnlichen Sekretärin wie mir am Hut hat, die nicht mal fähig ist, ihr Leben in den Griff zu bekommen? Mach dich nicht lächerlich, Gloria, und hör auf, an ihn zu denken. Aschenputtel gibt's nur im Märchen, die echten Aschenputtel sind superschlau, sie wissen, was sie wollen, und bereiten sich das ganze Leben auf den gesellschaftlichen Durchbruch vor. Ich bin eine Mittdreißigerin, stamme aus eher bescheidenen Verhältnissen, habe weder einen Universitätsabschluss noch Freunde mit Schlössern, und wenn ich mich nicht aufplustere, um mehr zu scheinen als ich bin, dann bleibt ein Single ohne Perspektiven übrig, ein in jeder Hinsicht geplatztes Leben ... Ich bin so deprimiert, dass meine einzige wirkliche Perspektive jetzt nur eine Schnitte Brot mit Nutella ist. Nein, das ist nicht nur eine Perspektive, das ist die Realität!

Dienstag, 5. September

Ich konnte nicht widerstehen: Ich habe wieder einen Ratgeber gekauft. Dieser ist von einer gewissen Judy Lorenzi Schaum und heißt *Wie man seinen Traummann vergisst und wieder auf die richtige Lebensbahn gerät*. Ich hatte das Buch schon bezahlt, als ich auf der hinteren Umschlagklappe las, dass die Autorin seit 26 Jahren glücklich verheiratet ist und vier Kinder hat. Ha.

Mittwoch, 6. September

Auch Judy Lorenzi Schaum vergnügt sich damit, unwahrscheinliche Geschichten von Amerikanerinnen zu erzählen, die Schreckliches erlebt haben. Die beschriebenen Männer sind bestenfalls Säufer, die ihre Frauen sexuell belästigen, sie schlagen und sie dann um Verzeihung bitten. Wenn das die Märchenprinzen ihrer Träume sein sollen, na klasse. Nur an einer einzigen Stelle war ich wirklich betroffen, nämlich dort, wo die Autorin schreibt: »Wer dir weh tut, liebt dich nicht.« Klingt banal, aber je länger ich darüber nachdenke, desto wahrer erscheint es mir. Auf jeden Fall hat mich das Buch ziemlich durcheinander gebracht: Nach den Geschichten über haarsträubend herzlose Monster, die nach wie vor von ihren doofen Frauen verzweifelt geliebt werden, erscheint mir Giulio wie ein Engel. Ich bin drauf und dran, ihn anzurufen.

Donnerstag, 7. September

Ich hab' der Versuchung widerstanden. Ich will einfach wissen, ob er mich anruft. Ich will wissen, ob er mich vergessen hat oder nicht, ich will wissen, ob meine Eifersucht wirklich völlig unmotiviert ist oder ob ich Trudi zu Recht eine lebenslange Pilzinfektion wünschen soll, und ich will, dass er mich anruft, das ist doch nicht zu viel verlangt, ich will, dass er mich anruft, ICH WILL, DASS ER MICH ANRUUUUFT, verdammt nochmal, VERDAMMT!! Mir wär lieber, er würde mir klar sagen, dass es aus ist zwischen uns, als mich hier in dieser Ungewissheit schmoren zu lassen.

Ich nehme alles zurück. Ich will nicht, dass er mir sagt, dass es aus ist! Lieber warte ich.

Freitag, 8. September

Als Dario mich heute in der Agentur anrief, um mich zu einem marokkanischen Abend mit Couscous und Fotos einzuladen, meinte er: »Wenn du wissen willst, was mit Giulio los ist, dann gibt's nur eins: Du musst ihn anrufen. Schlimmstenfalls sagt er dir, dass er sich nichts mehr aus dir macht.« Dario hat Recht. Heute Abend rufe ich Giulio an.

Nachdem ich erst mal zehn Minuten auf der Stelle gelaufen bin, um mich zu beruhigen, wählte ich die berüchtigten Ziffern. »Pronto?«, antwortete es mit eindeutig deutschem Akzent. Ich wollte sofort auflegen, doch sie insistierte: »Pronto? Hallo?«, so dass ich mit erstickter Stimme und in krampfhaft unbeteiligtem Ton fragte: »Ist Giulio da?« »Nein, er ist gegangen essen, wer ihn möchte?« Er ist also zurück, der Bastard! »Ich heiße Gloria.« »Ist es beruflich?« Was geht dich das an! »Nein, ich bin eine Freundin.« »Ich kenne nicht Gloria, was du willst?« »Ich möchte mit Giulio sprechen. Ist das verboten?« »Er nicht hier, ausgegangen«, sagte Miss Freundlichkeit und legte auf. Sie weiß nichts von mir. Wenn sie wirklich nur Freunde sind, warum hat er ihr dann nichts von mir erzählt?

Sonntag, 10. September

Gut, dass ich gestern Abend bei Dario und Mario war, denn meine Wut und meine Frustration hatten kosmische Ausmaße erreicht. Es war schön mit ihnen, ihren Freunden und Giacomo, und am Schluss konnte ich sogar lachen und scherzen, wie früher. Nachts schlief ich dann allerdings bis vier Uhr früh nicht ein, in meinem Kopf ging's rund, und mein Magen brannte vor Wut bei der Vorstellung, dass Giulio und die Wikingerin sich über mich lustig machten. Warum hat er mich nicht mehr angerufen? Nicht einmal, nachdem ich ihn angerufen hatte! Der Gedanke, dass er der größte Dreckskerl auf der ganzen Welt ist, baute mich auch nicht gerade auf, vor allem, weil mir eine Frage nicht aus dem Kopf ging: Bin ich ihm wirklich so wenig wert?

Montag, 11. September

Schluss, aus, basta. Ich möchte keine einzige Minute mehr damit verschwenden, an Giulio zu denken: Seinetwegen habe ich schon zu viel Zeit vergeudet, und zu viele Tränen. Das einzig Positive ist, dass ich für ihn auch viele Kilos verloren habe, aber das ist kein ausreichender Grund dafür, weiterhin mein ganzes Leben darauf auszurichten, dass er sich vielleicht mit mir treffen will. BASTA!

Dienstag, 12. September

Im Briefkasten war heute außer Billigangeboten für Dreitagesreisen nach Amalfi (19950 Lire, inkl. Vollpension) und Werbung von Weinhändlern und Installateuren (versuch mal, einen zu kriegen, wenn du ihn brauchst!) auch eine Ansichtskarte. Aus Schottland. »Ich denke an dich«, stand da, darunter das schönste G, das jemals geschrieben worden ist. Er denkt an mich. Er hat an mich gedacht. Er hat mich nicht vergessen! Ich liebe ihn!!! Mein Herz schlug höher vor Freude! Kaum in der Agentur, setzte ich mich, noch in der Jacke, ans Telefon und rief ihn bei Slim Ice an. Er antwortete hoch erfreut: »Gloria! Du bist zurück!« Natürlich bin ich zurück, was denkst du! Ich bin eine einfache Angestellte, und nicht die Tochter von Agnelli ... Auf jeden Fall schien er sich wirklich über meinen Anruf zu freuen, oder er hat das schauspielerische Talent eines Vittorio Gassman. Durch seine Antwort ermutigt, sagte ich: »Ich habe versucht, dich zu Hause anzurufen ...« »Wann?«, fragte er, plötzlich alarmiert. »Am Samstag. Ich hab mit deiner ... mit deiner ...« Wie sollte ich sie nennen? Mir fielen diverse Schimpfwörter ein, schließlich entschied ich mich für »... mit deiner Trudi gesprochen.« »Sie hat mir nichts gesagt.« Na klar, das liederliche Miststück! Aber Giulio hatte schon das Thema gewechselt. »Ich würde dich gerne sehen. Hast du denn ein wenig an mich gedacht, diesen Sommer?« »Ja, ein bisschen, ja!« Ein bisschen ... das ist eine glatte Lüge! »Heute Abend«, sagte er, »ich möchte dich noch heute Abend sehen.« »Heute Abend?« »Ja, unbedingt, gleich nach Arbeitsschluss. Ich komme vorbei und hole dich in der Bar ab, wie immer.« Nein, ich sehe grauenhaft aus, meine Haare sind nicht gewaschen, und ich bin ungeschminkt! Aber ich möchte ihn so gerne wieder sehen. »Gut, dann bis später.« »Ich kann's kaum erwarten«, sagte er mit seiner wunderbaren Stimme. Und ich erst!

Donnerstag, 14. September

Er erschien wie die Sonne nach dem Winter, noch schöner als in meiner Erinnerung. Er umarmte mich ganz fest und ließ mich erst wieder los, als er merkte, dass ich beinahe erstickte. »Gloria, Gloria ... Du siehst großartig aus, so braun gebrannt!« In Gedanken dankte ich der ›Sonneninsel‹ und Luana, die mir im Büro ihr Schminkzeug geliehen hatte. Ich war auch dankbar für die Hitze, derentwegen ich noch keine Strümpfe trug und meine Beine enthaaren musste, und zwar auch dann, wenn kein Rendezvous anstand. »Lass uns zu dir gehen«, meinte er, mit leicht rauer Stimme. »Nein!«, rief ich erschrocken. In meiner Wohnung sieht es aus wie im Hinterzimmer einer Reinigung: Überall liegt Schmutzwäsche herum, und in der Spüle türmt sich der Abwasch von drei Tagen! Schnell, eine Ausrede! »Ich habe Besuch von einer Freundin, die völlig fertig ist mit den Nerven.« Welch fadenscheiniger Einfall, aber er funktionierte. Seine Wohnung erwähnte er mit keinem Wort, dort regiert die süße Trudi – aber er führte mich zum Essen aus, und am Schluss tat es mir Leid, dass ich die Freundin in der Krise vorgeschoben hatte, denn ich hätte mich am liebsten schon bei der Vorspeise auf ihn gestürzt!

Freitag, 15. September

Ich muss von einer Aura des Begehrens umgeben sein, die sich mit dem Messer schneiden lässt! Sogar Giacomo fiel es auf. Er sah mich nur an und sagte: »Du hast ihn getroffen.« »Woher weißt du das?« »Du hast wieder dein schwachsinniges Lächeln im Gesicht, außerdem streichelst du deinen Schreibtisch und küsst deine Kaffeetasse! Also, entweder hast du ihn wieder gesehen, oder aber du brauchst dringend einen Mann!«

Samstag, 16. September

Ob es mir gelingt, mich dieses Wochenende mit Giulio zu treffen? Ich würde ihn am liebsten jede Minute anrufen, aber ich habe Angst, mich wieder mit der liebenswürdigen Trudi unterhalten zu müssen. So verbringe ich Stunden neben dem Telefon und fantasiere vom Schuhschrank der Wikingerin, dem ein widerlicher Gestank nach verdorbenem Gorgonzala entweicht.

Sonntag, 17. September

Ich werde ihn nicht sehen, aber er hat mich angerufen! »Ciao, mein Blümchen, ich bin's.« Nur er verwendet solche Koseworte à la Herz-Schmerz-Roman, aber das Schlimmste ist, dass sie mich wie Butter an der Sonne schmelzen lassen! »Ich muss weg.« Wohin? Und mit wem? Ich habe nicht den Mut, ihn danach zu fragen: Ich habe Angst, dass mir die Antwort nicht gefallen könnte, und bewahre mir lieber die Illusion, dass keine meiner Befürchtungen wahr ist. »Du wirst mir sehr fehlen«, fährt er fort, bevor ich noch eine sinnvolle Antwort gefunden habe. »Das nächste Wochenende möchte ich aber unbedingt mit dir verbringen.« Warum nur schafft Giulio Righi es immer wieder, mich so überzeugend anzuschwindeln, dass ich am Ende seiner Anrufe so verliebt seufze wie Tammy in der Fernsehserie aus den fünfziger Jahren? Ich bin in ein Genie verliebt.

Montag, 18. September

Eine neue Werbekampagne, und alle sind in fiebriger Aufregung. Diesmal geht es um ultraflache, ultraresistente und ultraalles Damenbinden. Schade nur, dass es welche mit ›Flügeln‹ sind, die ja theoretisch ganz praktisch sind, sich aber in der harten Realität keineswegs bewähren, denn kaum hat man sie ausgepackt, kleben die Flügel auch schon an der Unterseite der Binde fest; will man das vermeiden, muss man mit akrobatischem Geschick und in Rekordgeschwindigkeit die Binde in den Slip klatschen, wo sie natürlich immer entweder zu weit vorne oder zu weit hinten landet! Soweit zu den kleinen Freuden des weiblichen Universums … Olivia umkreist meinen Schreibtisch mit beunruhigender Hartnäckigkeit. Wenn sie glaubt, dass sie mir noch einmal einen Werbeslogan entlockt, dann hat sie sich aber ganz schön geschnitten. Soll sie doch Wurzeln schlagen im Empfang!

Mittwoch, 20. September

Giulio ruft mich jetzt fast täglich an, und die allgemeine Hysterie geht völlig an mir vorbei, das Geschrei und die Unmengen von Kaffee, die ich machen muss, lassen mich kalt: Glückselig lächle ich vor mich hin, wahrscheinlich glauben alle, ich bin total zugekifft! Doch meine Droge heißt ... Giulio!

Donnerstag, 21. September

Ich bin schlicht und einfach unwiderstehlich! Giulio hat es nicht bis zum Wochenende ausgehalten: Er hat mich gefragt, ob ich heute Abend mit ihm zu einem trendy Fest gehe, auf dem eine neue Sportswear-Linie vorgestellt wird. Ich muss heute früher gehen, um mir *das* unwiderstehlich sexy Kleid zu kaufen. Ich bin so aufgedreht, dass ich eigentlich eine Baldrian-Infusion zur Beruhigung bräuchte. Aber nein, ich bin einfach *zu* glücklich!! Es läuft super!

Freitag, 22. September

Gar nichts läuft super! Erst war alles wunderbar: Er hatte nur für mich Augen, sein Arm war um meine Schultern gelegt, auch dann, wenn er mit anderen sprach. »Ich bin ganz verrückt nach dir«, flüsterte er mir ins Ohr, »du bist so sexy, und keine hier kann dir das Wasser reichen.« Während ich dachte, dass er vielleicht mal zum Augenarzt gehen sollte, küsste er mich vor allen, und er hätte nicht aufgehört, wäre von hinten nicht eine kreischende Stimme ertönt, die außer sich vor Wut auf Deutsch auf ihn einschimpfte. Giulio löste sich mit einem Ruck von mir, und während ich unsanft auf einem Hocker landete und mit diesem zu Boden ging, stürzte er hinter einer atemberaubenden Blondine her. Was sollte ich tun? Ich bewegte mich auf den Ausgang zu und versuchte dabei, möglichst unbeteiligt dreinzublicken und nicht auf das höhnische Grinsen um mich herum zu achten. Als ich endlich den Ausgang erreicht hatte, hörte ich, wie Giulio sagte: »Sie bedeutet mir nichts, Trudi! Sie hing den ganzen Abend wie eine Klette an mir, und ich muss wohl ein Glas zu viel getrunken haben ... Ich bitte dich, mein Schatz, sei doch nicht so!« Ich habe keine Ahnung, wie ich nach Hause gekommen bin.

Samstag, 23. September

Ich bin völlig am Boden. Das Telefon läutet ununterbrochen, aber ich habe den Anrufbeantworter auf Lautstärke Null gestellt. ›Eifersucht passt nicht zu dir ...‹ ›Vertrau mir, Gloria ...‹ ›Wir sind nur Freunde, sie wohnt bei mir, weil sie sonst niemanden hat, die Ärmste.‹ Ich glaube, ich bin die dümmste Frau in ganz Italien, und die mit den allergrößten Hörnern.

Sonntag, 24. September

Wie in einem Albtraum läuft die Szene von Freitagabend immer wieder vor meinen Augen ab. Und quält mich immer wieder aufs Neue, beschämt mich, lässt mich rasen vor Wut. Wie konnte der Dreckskerl es nur schaffen, zwei Affären nebeneinander zu haben? Wie hat er es gemanagt, ganze Wochenenden mit mir zu verbringen? Dann fallen mir die Ferien in Schottland ein und dass ich ihn eingeladen habe, nach Marokko mitzukommen. Wie naiv, wie blöde ich doch war. Wäre diese Sequenz je mit Musik unterlegt worden, dann sicher mit dem Titelsong zu dem Heidi-Zeichentrickfilm. Ich fühle mich beschissen. Wie dumm ich war, wie dumm! Wie dumm, und wie blind!

Montag, 25. September

Meine Augen sind so geschwollen, dass Marty Feldman sich neben mir richtig gut machen würde. So kann ich nicht zur Arbeit gehen. Ich will nicht mal aufstehen. Nie wieder.

Dienstag, 26. September

Wenn ich heute nicht zur Arbeit gegangen wäre, hätte ich glatt meine Stelle riskiert, jetzt, da alle wegen der neuen Werbekampagne völlig außer sich sind; und wegen Giulio mein ganzes Leben zu ruinieren, das geht nun doch zu weit. Kaum war ich in der Agentur, kam Giacomo und raunte mir zu: »Ich war auch auf der Party.« Am liebsten wäre ich im Erdboden versunken, als er fortfuhr: »Ich bin dir nachgelaufen, aber plötzlich warst du weg. Wenn der Kerl sich dir noch mal nähert, dann kriegt er es mit mir zu tun.« Es sollte ein Trost sein, aber ich brach in Tränen aus, just in dem Augenblick, als Olivia hereinkam. Sie lachte triumphierend und sang: »Die Wahrheit tut weh, ja, ja ...« Giacomo lief ihr nach und zischte: »Allmählich wird mir klar, warum Giulio dich nicht wollte!« Während Art Director und Texter sich mitten in der Werbekampagne stritten, fiel mein Blick auf einen Zettel auf meinem Schreibtisch: »Gloria, Giulio Righi hat viermal angerufen.«

Mittwoch, 27. September

Mit den Anrufen von gestern sind es insgesamt sieben. »Gloria, ich bitte dich, hör ...«, und ich legte den Hörer auf. Etwas in mir würde zu gerne wissen, was er sich dieses Mal ausgedacht hat – doch die tödlich verletzte Gloria will sich die Lügen nicht mehr anhören, und traut ihm nicht mehr. Weitere Anrufe heute. Beim dritten Mal hob ich ab und sagte: »Ich will nichts mehr davon hören. Ruf mich nicht mehr an, es ist zwecklos!« Im Grunde meines Herzens verschaffte es mir jedoch Genugtuung, dass er anrief, vor allem aber, dass er offensichtlich litt, meinetwegen. Wenn dies überhaupt möglich ist, was ich, ehrlich gesagt, stark bezweifle. Und natürlich vorausgesetzt, er hat ein Herz.

Donnerstag, 28. September

Er stand vor meiner Tür. »Gloria, ich muss es dir erklären ... Bitte!« »Es gibt nichts zu erklären.« Giulio stellte sich in den Türrahmen: »Bitte, Gloria.« Also ließ ich ihn herein, und diesmal war es mir völlig egal, dass die Wohnung aussah, als hätte eine Bombe eigeschlagen. »Sag, was du mir zu sagen hast und dann geh.« »Ich habe einen Fehler gemacht, ich weiß. Aber Trudi und ich sind wirklich nicht mehr zusammen.« »Ach, tatsächlich? Du und ›mein Schatz‹, ihr habt euch gestern getrennt?« »Zwischen uns ist es schon seit einiger Zeit aus.« »Mir scheint aber nicht, dass es aus ist zwischen zweien, die weiter zusammen wohnen, gemeinsam die Ferien verbringen. Und wenn er doch mal mit einer anderen ausgeht, dann lässt er diese mitten auf einer Party stehen, um zu ›meinem Schatz‹ zurückzulaufen und ihm zu sagen, dass er sich nichts aus der anderen, nämlich aus mir, macht!« Verdammt, jetzt liefen mir auch noch dicke Tränen über die Wangen. Er wollte mich in den Arm nehmen. »Fass mich nicht an, Giulio! Wozu denn noch? Geh jetzt!« »Du irrst dich, Gloria. Gib mir doch zehn Minuten, dann erkläre ich dir alles.« Und ich gab ihm zehn Minuten.

Freitag, 29. September

Trudi ist also eine psycholabile Person und hat schon zwei Selbstmordversuche hinter sich. Ganz normal für ein Topmodel, das mit einem gut aussehenden Mann wie Giulio liiert ist – lauter gute Gründe für einen Selbstmord! Giulio ist überzeugt, dass man die Ärmste nicht allein lassen kann, nicht etwa, weil sie kein Geld hat und sich keine Wohnung leisten kann, nein, weil sie ihn so sehr braucht. »Und ich, entschuldige? Habe ich denn keine Psyche? Brauche ich dich nicht?« »Du bist viel stärker als sie, du hast mehr Verständnis.« »Mehr Verständnis wofür? Dass ich mich ›wie eine Klette an dich gehängt‹ habe, wie du ihr gesagt hast? Sicher, mich leidenschaftlich zu küssen war eine seltsame Methode, um mich davon zu überzeugen, dass du dir nichts aus mir machst!« »Ich verstehe, dass du wütend bist, Gloria, du hast ja Recht. Es ist meine Schuld, ich schaffe es einfach nie, klar zu sein. Ich bringe es nicht übers Herz, eine Frau zu verletzen, der es schlecht geht.« »Ich korrigiere: Du bringst es nicht übers Herz, *sie* zu verletzen! Bei mir gelingt es dir ausgezeichnet!« Mittlerweile heulte ich hemmungslos. »Hör auf zu weinen, Gloria! Weißt du, dass du mir allmählich immer mehr bedeutest?« »Schöne Art, mir das zu zeigen!« »Gestehe mir wenigstens Zweifel zu, Gloria, bitte ...«

Samstag, 30. September

Das Problem der Männer von heute ist, dass sie so sensibel sind. Nicht, dass sie deswegen keine Schäden verursachen würden, aber nein, doch sie fühlen sich immerhin schuldig, hinterher. Und wegen dieses schrecklichen Schuldgefühls richten sie weitere Schäden an, und so geht es immer weiter, sie werden immer sensibler und immer unfähiger, weh zu tun, und dabei immer zerstörerischer. Und am Schluss besteht kein Unterschied mehr zwischen sensibel und gemein.

Oktober

Den ganzen Abend lang verschlang ich Nutellabrote und schluckte bittere Tränen

Sonntag, 1. Oktober

Was soll ich tun? Giulio hat sich grauenhaft verhalten, andererseits aber hat er auf jede nur erdenkliche Weise versucht sich zu entschuldigen – das ist mehr als ich von einem gemeinen Dreckskerl erwarte. Soll ich seinen Worten glauben oder meiner instinktiven Eifersucht? Um nicht selbst entscheiden zu müssen, erfinde ich alle möglichen und unmöglichen Ausflüchte: Ehe ich den Fernseher einschalte, schließe ich mit mir eine Wette ab, dass wenn als Erstes ein Mann erscheint, ich ihm verzeihe. Ich schalte den Fernseher an, und auf dem Bildschirm erscheint Rita Pavone. Eine Frau. Die aber bei *Gian Burrasca* mitgespielt hat, und der ist männlich. Ob das gilt? Ich frage am besten meine Freunde. Daniela meint, ich soll ihm verzeihen (aber sie ist ans Schlimmste gewöhnt); Dario redet mir zu, ich soll um ihn kämpfen; Anna fleht mich an, ihn endgültig zu verlassen. Cinzia hat ihre Schwiegereltern zum Abendessen da und kann nicht sprechen. Ich versuche es auf RAI Uno. Ist's ein Mann, verzeihe ich ihm, ist's eine Frau, dann verlasse ich ihn. Auf dem Bildschirm erscheinen Dolce e Gabbana. Vielleicht sollte ich eine andere Methode ausprobieren. Da ich schon mal vor der Kiste sitze, zappe ich weiter, von einem Privatsender, auf dem gerade Schmuck verkauft wird, zum nächsten, wo Gemälde versteigert werden. Schließlich kehre ich zu RAI Uno zurück. Dort läuft die Horoskop-Sendung mit Paolo Fox – schade nur, dass er gerade sagt: »... und wir beenden unser Programm mit den Feuerzeichen …« Pech! Das Horoskop bringt mich auf die Idee, Nadia anzurufen, die (obwohl sie ziemlich ungehalten ist, weil ich sie am Sonntag störe) weiterhin behauptet, dass der Mann neben mir mich liebt. Und da ich ihn auch liebe, werde ich ihm eine zweite Chance geben. Das heißt nur eine zweite Chance geben.

Montag, 2. Oktober

Giulio hat mir Blumen in die Agentur geschickt. Lange halte ich es nicht mehr durch, hart zu bleiben und zu schweigen. Wenn ich mit Giulio Schluss mache, fange ich wieder bei Null an: Abendessen allein, Wochenende allein, Kino nur, wenn meine Freundinnen Zeit haben, und vor allem, einsame Abende und die Hoffnung, dass ich irgendwann doch noch jemanden finde. Ich bin es so leid … Und wenn ich für immer allein bleibe? Wir leben in einer Welt der Paare. Ich habe keine Lust, weiterhin zur Gruppe der Paarlosen zu gehören.

Mittwoch, 4. Oktober

Mamma hat angerufen – ›tschuldigung, Sissy natürlich. »Ciao, sweet baby! Lebst du noch?« Und du, Mamma? »Aber vor allem«, fuhr sie fort, ohne mir Zeit für eine Antwort zu geben, »hast du nächste Woche Zeit? Kevin und ich machen eine Reise in den Iran – und wenn wir schon mal da sind, können wir auch nach Italien kommen und dich besuchen! Freust du dich?« Und wie, der Zeitpunkt ist ideal! Mamma hat mir gerade noch gefehlt: Ich glaube, ich werde es auch mal mit Selbstmord versuchen. Ich freue mich ja, dass sie auf ihrer Reise in den Iran daran denkt, einen Abstecher nach Italien zu machen – immerhin, manchmal erinnert sie sich an mich. Aber nicht gerade jetzt! Ich kann ihr nicht wieder mutterseelenallein unter die Augen treten. Sie wird mich mit Bemerkungen quälen wie ›Was ist denn los, will dich keiner? Tja, Darling, du hast die besten Jahre verstreichen lassen. Nun bist du zu alt, ist doch so, die Welt gehört den Achtzehnjährigen!‹ Und ich, im Stillen: ›Deswegen läufst du aufgemacht wie Joan Collins herum, nicht wahr, Mamma?‹ Aber natürlich werde ich es ihr nicht sagen. Manchmal frage ich mich, wie es ist, eine richtige Mutter zu haben, eine, die einem Kamillentee kocht, wenn es einem schlecht geht, und die überzeugt ist, dass kein Mann auf dieser Welt gut genug ist für ihr wunderbares Kind. Meine Mutter, Prinzessin Sissy, war nie so. Als Papà noch lebte, verbrachte sie die Tage ›außer Haus‹, womit genau weiß ich nicht. Ich wurde bei den Großeltern oder bei Tante Nora abgestellt. Abends war sie zu Hause und flatterte mit Leidensmiene, wie ein Vogel im Käfig, durch die Wohnung, es war nicht auszuhalten. Um ihr ein Lächeln zu entlocken, schenkte Papà ihr seine ganze Aufmerksamkeit und behandelte sie wie eine Königin; mich bat er mit zärtlicher Stimme, ihn ›ein wenig mit Mamma allein zu lassen, sie ist doch immer so einsam, die Arme‹ – und ich brachte es nicht übers Herz, ihm die Wahrheit zu sagen, nämlich dass ich diejenige war, die immer allein blieb; außerdem hätte Mamma mich tagelang mit ihrem gläsernen Blick gequält, der durch mich hindurch ging, als könnte ich nicht mal ihren Blick aufhalten, als wäre ihr die Tatsache, dass ich existierte, einfach zu unangenehm. Als sie sich nach dem Tod von Papà in Joan Collins verwandelte und in Rekordzeit nach Australien übersiedelte, freute ich mich beinah darüber. Und gerade jetzt muss sie mit ihrem neuen Mann hier aufkreuzen, um wieder mal festzustellen, dass ich versagt habe. Was für ein Timing!

Freitag, 6. Oktober

Giulios Stimme ist warm und hoffnungsvoll: »Du fehlst mir, Gloria. Lass uns in die Berge fahren, oder wohin immer du willst.« Wie ein Blitz schießt mir die Erinnerung an die ersten Male ein, als ich den schönen Giulio sah, unerreichbar, faszinierend, perfekt. Und jetzt bittet er mich darum, das Wochenende mit ihm zu verbringen. Nicht schlecht für einen unglücklichen Single wie mich. Und am Montag kommt meine Mutter. Ich sage zu.

Samstag, 7. Oktober

Giulio ist zärtlich und lieb, er sieht mich an wie ein Cockerspaniel, er verwöhnt mich wie eine Prinzessin. Eine Hälfte von mir schmilzt dahin, die andere wohnt in Alaska. »Wir müssen reden, Giulio.« »Nicht jetzt, Gloria. Komm, wir wollen uns das Wochenende nicht verderben lassen.« Er sieht mich an wie ein geprügelter Hund. Und ich schiebe das Gespräch auf, schiebe es auf, schiebe es auf.

Sonntag, 8. Oktober

Gestern Abend brachte Giulio zwei Kinohits auf Videokassette (*Pretty Woman*, hoffentlich keine Anspielung, und *Der Liebe verfallen*) und eine Tiefkühlpizza, eine Dose Häagen Dazs Praline-Karamell mit. Dann zog er eine Packung Präservative hervor und überreichte sie mir wie einen Blumenstrauß. »Siehst du, was ich für dich tue?«, fragte er mit einem Schwerenöter-Blick à la George Clooney. Na ja, das, was jeder vernünftige Mann mit Verantwortungsbewusstsein tun würde, mein Lieber, dachte ich … Aber er war so beflissen, dass ich es nicht übers Herz brachte, ihm das zu sagen. Im Grunde muss ich ja zugeben, dass es ein schönes Wochenende war. Schade nur, dass mein Vertrauen zerrüttet ist und ich es nicht mehr schaffe, einfach loszulassen. Schade auch, dass wir, ›um ja die Atmosphäre nicht zu zerstören‹ am Schluss weder über Trudi noch über uns gesprochen haben. Jedes Mal, wenn ich davon anfing, machte er ein Gesicht, als hätte er eine Nierenkolik, nein, wie George Clooney mit einer Nierenkolik. Und meine Wut schlug in Mitleid um … Tja.

Montag, 9. Oktober

Am Nachmittag nahm ich mir eine Stunde frei, um Kevin und Mamma vom Flughafen abzuholen. Aber sie waren nicht im Flugzeug. Als ich nach zwei Stunden völlig aufgelöst und in Panik ins Büro zurückkam, traf ich Luana beim Fahrstuhl: »Eine Art Gina Lollobrigida wartet auf dich. Sie sagt, sie sei eine Freundin.« Mamma! Sie und Kevin saßen im Eingang vor meinem Schreibtisch, umgeben von einem teuren Kofferset in grellem Pink. Mamma sah aus wie frisch restauriert, dermaßen geliftet, dass ich mich frage, ob sie nachts überhaupt die Augen schließen kann. »Gloria!«, rief sie in ihrem affektierten Italienisch. »Wo warst du?« »Am

Flughafen, Mamma.« »Nenn mich Sissy«, raunte sie mir zwischen den Zähnen zu. Dann, lauter: »Aber ich hatte dir doch gesagt, dass wir einen anderen Flug nehmen würden!« »Nein, Mamm ... Sissy, das hast du mir nicht gesagt!« »Du vergisst aber auch alles, du bist so zerstreut!« Aus einer durchlöcherten Hutschachtel ertönte ein hysterisches Piepsen. »Oh, mein armer Rambo!«, schrie Mamma und befreite eine Mischung aus Hund und Ratte aus dem Käfig. Genau in diesem Augenblick kam der Chef: »Gloria! Komm bitte mal«, sagte er mit mühsam beherrschter Stimme und hochrotem Kopf: »Tu mir den Gefallen, und schaff diese Lucille Ball, Crocodile Dundee und die Ratte hinaus. Und zwar sofort!«

Dienstag, 10. Oktober

Kevin macht Witzchen: »Das ist also Rambos Hütte, nicht wahr?«, tönt er, als er meine Wohnung betritt. Ha ha ha. Sissy-Mamma sieht mich mit unverhohlenem Mitleid an, seufzt, lässt den Blick durch die Wohnung schweifen, dann sieht sie wieder mich an und sagt: »Weißt du, dass du einen Buckel bekommst?« Rambo pinkelt ans Bein der Ausziehcouch. »Wo ist mein Schrank?«, fragt Mamma. Ich erkläre ihr, dass dies nicht das Hilton ist, und sie meint: »Das sieht man. Wenn eine Vierzigjährige es nicht schafft, sich einen Mann zu angeln, dann muss sie eben in einem Schweinestall hausen.« Eine Vierzigjährige?!? Ich bin noch nicht mal fünfunddreißig! Wer könnte das besser wissen als sie?! »Mamma«, platze ich heraus, »wenn ich vierzig bin, wie alt bist dann du?« Sissy taumelt, und ich schiebe noch eins nach: »Wenn es dir hier nicht gefällt, dann geh doch in eins der angeblich ausgebuchten Hotels, irgendeine Suite findet sich sicher noch für dich, den Prinzgemahl und den Thronerben.« Der Thronerbe hat in der Zwischenzeit einen meiner fast neuen Pumps für 190000 Lire zwischen die Zähne gekriegt und begonnen, ihn in Stücke zu reißen.« »Klar, dass du keinen Mann kriegst, mit dem Charakter!« »Ich habe aber einen Freund!« »Wie?«, fragt Mamma so aus dem Konzept gebracht, als hätte ich ihr gestanden, dass in meiner Abstellkammer eine Atombombe deponiert ist. »Ein wohlhabender und gut aussehender Manager.« Eins zu Null für mich. »Du hast ihn doch hoffentlich nicht *hier herein* gebracht, nicht?« »Doch Mamma, und es hat ihm sehr gut gefallen.« Sissy sieht mich mit irritierender Zärtlichkeit an: »Das hat er nur so gesagt, Baby. Oder er hat einen Nullachtfünfzehn-Geschmack.« Es ist zwecklos, gegen Mamma habe ich keine Chance.

Mittwoch, 11. Oktober

Ich habe Giulio angerufen und ihn gefragt, ob er Lust hat, am Freitag mit mir und den Australiern essen zu gehen, und er hat zugesagt. Ich schäme mich, ihm die Armeleute-Cher vorzustellen, aber die Aussicht, Sissy-Mamma meinen gut aussehenden ›Verlobten‹ vorzustellen, überwiegt meine Skrupel.

Donnerstag, 12. Oktober

Heute habe ich Kevin, Mamma und Rambo nach der Arbeit durch die Stadt geführt. Als ich Kevin die antiken Säulen von San Lorenzo zeigte, versuchte ich seine mangelnde Aufmerksamkeit durch ein beeindruckendes Bild zu gewinnen:

»Denk mal, zwischen diesen Säulen wandelten schon die alten Römer!« »Wow«, sagte er, »gibt's Fotos davon?« Mamma wollte unbedingt fotografiert werden, wie sie lasziv an einer Säule lehnt, den Rock über einem Bein hochgezogen. Ich hätte gerne so getan, als würde ich sie nicht kennen, doch Sissy rief: »Gloria, komm her zu mir! Jetzt, da deine Beine keine Baobab-Stämme mehr sind, kannst du sie auch zeigen!« Das war das größte Kompliment, das sie mir je gemacht hat, und so ging ich zu ihr. Mitten in der Stadt standen wir abends um achtzehn Uhr beide mit einem neckisch vorgestellten Bein à la Claudette Colbert und ließen uns von Kevin fotografieren, der sich gebärdete wie ein australischer Ureinwohner. Ich flehte zum Himmel, von niemandem erkannt zu werden.

Freitag, 13. Oktober

Ich habe nachgesehen: Dies ist der letzte Freitag, der 13. in diesem Jahr – Gottseidank! Denn

1. kam mein Chef zu mir und meinte mit boshaftem Grinsen: »Als ich gestern an San Lorenzo vorbeiging, sah ich dich mit Lucille Ball an einer Säule lehnen, beide mit einem entblößten Bein. Du hättest ja wenigstens versuchen können, mich um eine Gehaltserhöhung zu bitten, wenn du so dringend Geld brauchst.«
2. hat Giulio ein Kärtchen geschickt, auf dem er sich entschuldigt, dass er ganz plötzlich und dringend zu einer Tagung muss, die das ganze Wochenende dauert. Als ich ihn im Büro anrief, antwortete eine weibliche Stimme, die nicht die seiner Sekretärin war, dass er heute früh in die Berge gefahren sei.

Mir fehlen schlicht die Worte. Und mir fehlt auch der gut aussehende Verlobte, den ich heute Abend meiner fürsorglichen Mutter vorstellen wollte.

Samstag, 14. Oktober

Giacomo hat Giulio vertreten!! Als er mich schluchzend in der Kaffeeküche fand, beschloss er, einen Abend lang mein Verlobter zu sein. Er kam in Sakko und Krawatte, die roten Haare mit Gel gebändigt, in der Hand einen Blumenstrauß: »Sissy, Sie sehen aus wie Glorias Schwester, nicht wie ihre Mutter!«, rief er aus und reichte ihr die Blumen. »Wie die jüngere Schwester«, zischte ich, während sie dahinschmolz und ihn mit zuckersüßen und feuchten Blicken überflutete. Den ganzen Abend lang unterhielten sie sich miteinander, Mamma erzählte ihm bis ins kleinste Detail von all meinen Misserfolgen und Fehlern, Giacomo erwiderte, dass er mich ganz fantastisch finde und dass ich sogar ein Star der Fernsehwerbung sei (hier horchte Mamma auf!); Kevin und ich nahmen an der Unterhaltung nicht teil. Er trank Bier und rülpste laut (zu seiner Entschuldigung sei gesagt, dass er sich dabei immerhin die Hand vor den Mund hielt, während ich in Schweigen gehüllt meinen Mordgedanken in Bezug auf Giulio nachhing. Als wir zu Hause waren, sagte Mamma: »Komisch, dass ein so netter Mann wie Giacomo ...« Sie beendete den Satz nicht, sondern fügte hinzu: »Er kennt dich nicht sehr gut, stimmt's?« Ich konnte nicht mehr. »Was habe ich dir denn angetan, Mamma?«, schluchzte ich. »Warum musst du mich immer so behandeln?« »Wie denn?«, fragte sie, ehrlich erstaunt. »So, als wäre ich nichts wert! Als wäre ich die große Enttäuschung für dich, du Prinzessin! Aber worin unterscheidest du dich denn von mir? Glaubst du wirklich, dass du besser bist als ich?« Sie zögerte eine Weile, dann murmelte sie: »Nein. Vielleicht habe ich mir deswegen immer gewünscht, dass du anders bist, Gloria.« »Aber ich bin nicht anders – ich bin so, wie ich bin!« »Ich hatte gehofft, dass du erreichen würdest, was ich nie erreicht habe. Aber du warst immer wie dein Vater – zufrieden mit den kleinen Dingen, ängstlich der großen Welt gegenüber. Ihr habt euch sehr gut verstanden, ihr zwei. Und ich bin mit allem gescheitert, auch mit den Plänen, die ich für deine Zukunft hatte.« »Ich weiß nicht, was du wolltest, Mamma. Ich weiß nicht, was du willst. Aber wenn du mich nur einmal voll Stolz angesehen hättest, ein einziges Mal, wenn du mir nur ein bisschen vertraut hättest, dann wäre ich vielleicht nicht so ängstlich, so ... trostlos, wie du mich jetzt siehst! Du hast mich immer allein gelassen, Mamma. Was willst du jetzt von mir?« Mamma setzte sich auf Rambo, der sich auf der Schlafcouch eingerollt hatte und sie knurrend anfiel, um es sich schließlich auf dem Kopfkissen bequem zu machen. Kevin war nicht im Zimmer. Wir waren allein, sie und ich, ein reizendes Familienbild.

Auf ihrem Gesicht, das durch das Lifting zur Maske erstarrt war, zeigte sich keine Regung, doch ihre Augen hatten denselben gläsernen Blick, mit dem sie mich einst durchbohrten. »Ich wollte nie Mutter sein, auch keine Ehefrau. Ich bin es geworden, weil dein Vater so nett war, und für meine Familie war er ein Geschenk des Himmels, denn er war wohlhabend, und wir waren arm. Aber ich war jung und schön, ich hätte so vieles werden können ... Als dein Vater dann starb und mich allein zurückließ, fühlte ich mich betrogen, um meine besten Jahre gebracht. Und so habe ich, als ich Kevin kennen lernte, ein neues Leben begonnen, so, wie ich es mir immer vorgestellt hatte. In Australien halten mich alle für eine reiche Italienerin der Highsociety ...«

»Und ich störe dieses Bild, nicht wahr?« Sie sah den Schuh an, den Rambo zerfetzt hatte und der jetzt neben der Schlafcouch lag. »Ja«, gab sie zu. Zumindest war sie ehrlich. »Und du hast nie daran gedacht, dass ich … ich weiß nicht … deine Komplizin sein könnte?« Sie sah mich ungläubig an. »Hättest du das denn getan?« Ich zuckte mit den Schultern. »Ich weiß es nicht. Vielleicht, es wäre immerhin eine Möglichkeit gewesen, bei dir zu bleiben, von dir wahrgenommen, geschätzt zu werden. Du brauchst dir aber keine Sorgen zu machen, ich plaudere dein Geheimnis nicht aus.« Mamma fing plötzlich an zu weinen, und die Tränen schwemmten Wimperntusche und falsche Wimpern weg. »Es ist alles so schwierig …«, sagte sie. »Du bist so viel stärker als ich … Ich bin nicht wie ihr zwei – du und Giovanni … Ich war euch nie gewachsen. Du und Papà, ihr habt euch so gut verstanden … da konnte ich nicht mithalten. Ich *musste* weggehen.« Ich war sprachlos. Das Leben meiner Mutter, die absurde Art, wie sie mit ihren Ängsten umging, wie sie einfach weggegangen war, ihr Lifting. War ich wirklich die Stärkere von uns beiden? Ich wusste nicht, was ich tun sollte. Aber möglicherweise gab es einfach nichts zu tun: Das Leben mancher Leute läuft eben so, und basta.

Sonntag, 15. Oktober

Sie sind abgefahren. Kevin hat den längsten Monolog gehalten, den ich je von ihm gehört habe: »Danke, Gloria. Ich wäre gerne noch ein wenig hier geblieben, aber deine Mutter will mich in eine überschwemmte Stadt führen, warum weiß ich nicht …« Venedig liegt weit entfernt von Australien, man kann von Kevin nicht verlangen, dass er es kennt.

Mamma hat ihr ohnehin schon beachtliches Gepäck um einen weiteren Koffer voll mit Einkäufen bereichert. Als sie mich umarmte, versuchte sie angestrengt, keine Gefühlsregung zu zeigen. »Ciao Bambina. Denk dran, Sissy gibt es. Streich mich nicht aus deinem Gedächtnis.« »Du darfst mich auch nicht aus deinem Gedächtnis streichen«, antwortete ich. Oder vielleicht doch, dachte ich. Vielleicht wäre es besser für uns beide. Mit einem Ruck drehte sie sich um und ließ ihr Haar fliegen wie in der Shampoo-Werbung. »Let's go, sweetheart!« Ich musste ihnen mit Rambo im Arm nachlaufen, der dauernd nach mir schnappte. »Der Hund!« »Ah, wie zerstreut ich bin! Komm her, Rambo, komm zu Mamma, komm mein Schätzchen ...« Immerhin gibt es ein Wesen auf dieser Welt, das sie Mamma nennen darf! Schade nur, dass es bellt.

Dienstag, 17. Oktober

Gestern hat er sich nicht gemeldet, heute auch noch nicht. Ich konnte nicht mehr warten und rief bei Giulio zu Hause an, es antwortete eine Filipina: »Heeschaften sind noch in den Beegen, nicht hiee.« Ich wollte schon auflegen, doch um wirklich sicher zu sein, fragte ich: »Ist Trudi da?« »Signooa in den Beegen, Signooe in den Beegen, nicht hiee, nicht Handy.« Nun war ich mir also sicher.

Mittwoch, 18. Oktober

Den ganzen Abend lang verschlang ich Nutellabrote und schluckte bittere Tränen. Wie kann man nur so dumm sein? Ich brauche Zeit, Zeit zum Nachdenken. Mein Leben ist wie ein Melodram, das ist doch nicht normal. Ich muss herausfinden, was los ist mit mir.

Freitag, 20. Oktober

Dieses Mal hat Giulio nicht einmal versucht, mich anzurufen. Er ist verschwunden, einfach so, er hat geglaubt, dass ich die Ausrede mit der Tagung schlucke. Ich merke, wie meine Liebe zu ihm von Stunde zu Stunde bitterer wird. Ich warte nur deshalb auf seinen Anruf, damit ich ihn zur Rede stellen und ihn zum Teufel jagen kann, in der vagen Hoffnung, dass er mir darauf etwas zu sagen weiß, was mich wieder umstimmen könnte. Aber sein Schweigen lässt mir keinen Ausweg. Ich muss jetzt meine Gedanken ordnen.

Samstag, 21. Oktober

Ich bin mit dem Auto an den See gefahren. Ich musste weg, weg von zu Hause, raus aus der Stadt. Jetzt bin ich in einem kleinen, aber gemütlichen Hotelzimmer, genau das, was ich suchte. Giulio ist ein gemeiner Kerl, wie es nur wenige gibt, und je mehr ich darüber nachdenke, desto wütender werde ich auf ihn. Er hat mich wie eine dumme Kuh behandelt – was glaubt er denn, wer ich bin? Schweren Herzens gestehe ich es mir ein: Ich war eine törichte Sekretärin, die in einen Mann verliebt ist, der zwei Nummern zu groß ist für sie. Halt, Moment mal! Was heißt hier zwei Nummern zu groß für mich! Giulio ist ein armer Schwachkopf, der sich damit begnügt, super auszusehen, und der überzeugt ist, dass ihm die Frauen zu Füßen liegen, nur weil er so schön ist. Was ja stimmt, aber das genügt eben nicht! Er ist so narzisstisch, dass er auf nichts verzichten kann und glaubt, dass ihm alles verziehen wird: Er lügt und spielt die Frauen gegeneinander aus, unser schöner Giulio, und glaubt, er könne sie so behandeln, wie's ihm gerade passt, verschwinden und wieder auftauchen, ohne sich je um ihre Gefühle zu scheren; und nur wenn es ihm gelegen kommt, mimt er den Reuevollen! Das soll ein Mann sein, der zwei Nummern zu groß ist für mich? Gloria, bitte, auch wenn dein Selbstwertgefühl am Boden ist, er ist es nicht einmal wert, dass du einen Gedanken an ihn verschwendest!

Montag, 23. Oktober

Wenn er es nicht verdient, dass ich an ihn denke, wie hat er es dann geschafft, dass ich so lange Zeit ausschließlich an ihn gedacht habe? In der Arbeit bin ich wie ein Zombie, und ich mache jede Menge Fehler.

Dienstag, 24. Oktober

Er hat angerufen. Ich habe Luana, die gerade in der Nähe war, den Hörer in die Hand gedrückt und ihr durch Zeichen klar gemacht, dass ich nicht zu sprechen bin; auf einen Zettel hab ich in aller Eile geschrieben: ›Sag ihm, dass ich weg bin und dass du keine Ahnung hast, wann ich wieder komme!‹ »Ja wie?«, fragte sie, nachdem sie aufgelegt hatte. »Warst du nicht ganz verrückt nach ihm?« »Ich habe rausgefunden, dass er es nicht wert ist«, antwortete ich. Und während ich es aussprach, versuchte ich mich selbst davon zu überzeugen, aber mein Herz klopfte noch vor Aufregung, eben seine Stimme gehört zu haben. Mamma hat Recht: Es ist alles so verdammt kompliziert …

Mittwoch, 25. Oktober

Giacomo, der Zartfühlende, hat mich nach Hause begleitet. Vor meiner Wohnungstüre fragte er nur: »Und?« Das hätte er nicht tun sollen. Er blieb bis drei Uhr früh. »Ich gebe zu, dass auch ich mich einigen Frauen gegenüber schlecht benommen habe«, sagte er, nachdem er sich die Geschichte zwischen meinen Schluchzern zusammengereimt hatte. »Aber so gemein war ich nie!« »Was soll ich nur tun, um ihn endlich zu vergessen?« »Tu etwas für dich, Gloria. Ich glaube, du hast viel zu viel Zeit damit verbracht, ihm zu gefallen. Jetzt musst du mal in dich rein schauen und herausfinden, was *du* willst, was *dir* gefällt!« »Ja und wenn ich es dann herausgefunden hab, was mir gefällt, was mach ich dann damit, allein?« Giacomo sagte lächelnd: »Na gut, versuchen wir's mal so: Erst wenn du gelernt hast, dich selbst zu mögen und Vertrauen zu dir selbst zu haben, bist du bereit für eine gute Beziehung mit einem Mann.« »Und wenn mich dann keiner will?« »Bist du es, die spricht, oder deine Mutter?« Das saß.

Donnerstag, 26. Oktober

Okay, Giacomo hat Recht: Wenn ich nicht lerne, mich selbst zu schätzen, werde ich weiterhin warten, bis mich ein Mann erwählt, den ich dann mit sinnlosen Taktiken an mich zu binden versuche. Also, ich mag mich, weil … weil ich … O, Papà, warum bist du nicht hier und hilfst mir, jetzt, wo ich dich so sehr brauche?!

Ich hab's. Ich mag mich, weil mein Zähne regelmäßig sind und ganz ohne Karies. Irgendwo muss man ja anfangen …

Samstag, 28. Oktober

Mittagessen bei Tante Nora. Ich habe mich selbst eingeladen. »Tante«, fragte ich sie rundheraus, »was findest du eigentlich gut an mir?« Tante Nora sah mich erstaunt an: »Nun, dass du wieder Appetit hast!« »Jetzt mal im Ernst, Tante.« »Gut. Du bist anständig und seriös, du hast es geschafft, dein Leben allein und ohne jede Hilfe zu leben, obwohl dein Vater so früh starb und deine Mutter sich nach Australien davonmachte und dich hier allein ließ. Du hast dir ein eigenes und unabhängiges Leben aufgebaut. Und du bist ein guter Mensch mit einem weichen Herzen.« Danke, Tante Nora!

Sonntag, 29. Oktober

Anna umarmte mich. »Gloria, du bist der beste Mensch auf der ganzen Welt!« »Anna, bitte, sag mir ganz ehrlich, warum du meine Freundin bist!« »Ich hab's dir doch gerade gesagt! Soll ich das noch näher ausführen? Ich vertraue dir blind, weil ich weiß, dass du mir niemals wehtun würdest, ich verlasse mich auf dich, weil ich weiß, dass du immer auf meiner Seite bist. Und du kannst so schön zuhören, auch wenn du manchmal ein bisschen zu viel auf die Meinung anderer gibst. Du bist ehrlich, witzig, gut drauf, immer bereit zu lernen! Und das ist nur das, was mir jetzt ganz spontan einfällt!« »Und warum lasse ich es dann zu, dass mich die Männer so schlecht behandeln?« »Ach, vergiss doch den Typen, das ist doch ein aufgeblasener Idiot, einer der nicht zwischen Gold und Blech zu unterscheiden weiß! Nicht du bist die Arme, er ist arm dran, weil er dich verloren hat! Und außerdem ist er ein Stück Dreck. Wenn er mir über den Weg läuft, kann er was erleben!« Ich sah sie an und sagte: »Und wenn ich es schaffe, eine Freundin wie dich zu haben, dann muss ich ja wirklich etwas wert sein!« »Ach komm, ich bin doch nichts Besonderes«, sagte Anna und errötete. »Bei einem Selbstwert-Wettbewerb würden wir beide um den letzten Platz streiten!«, sagte ich, und wir mussten lachen.

Montag, 30. Oktober

»Und du hast wirklich nicht mehr mit ihm gesprochen?«, fragte Daniela verblüfft. »Nein. Er tut mir nur weh, und ich will meine Zeit nicht mit so einem verlieren.« »Du bist ganz schön hart. So müsste ich auch mit Vanni sein.« »Sag's nicht nur, tu es! Hör zu Daniela: Wenn du nicht gut genug bist für einen Mann, dann heißt das, dass er nicht gut genug ist für dich. Vanni ist wie Giulio: faszinierend, aber hundsgemein. Und ein Weichei. Ich will einen Mann mit Charakter, sonst bleibe ich lieber allein!« Es ist wirklich komisch: Du gibst einer Freundin Ratschläge und sagst ihr all das, was du selbst befolgen solltest! Wehe aber, wenn du allein bist, dann ist alles Schall und Rauch.

Dienstag, 31. Oktober

»Ich bewundere deinen Mut. Du lebst allein, kommst abends allein nach Hause, fährst allein in die Ferien, du bist immer mutterseelenallein und tust so, als würde es dir nichts ausmachen. Wie schaffst du das nur?« Cinzia war noch nie eine Meisterin des Taktgefühls. »Wer weiß, ob du noch mal einen so gut aussehenden Typen wie Giulio findest. Übrigens, ich habe eine Neuigkeit für dich: Ich glaube, ich bin schwanger.« Ich weiß nicht, warum, aber mir ist, als hätte ich mich vor dem Gespräch mit Cinzia besser gefühlt.

Wenn ich so darüber nachdenke, dann hat Cinzia ja nicht ganz Unrecht. Ich stehe tatsächlich auf eigenen Füßen, vielleicht ein bisschen wackelig, aber das ist schon mehr, als man von den meisten Frauen sagen kann.

November

Ich werde doch nicht anfangen, mich zu mögen?

Mittwoch, 1. November

Als ich heute früh aufstand, betrachtete ich mein Gesicht im Spiegel: Okay, es ist alles andere als makellos und jung, aber es hat etwas Anziehendes, mit dem wissend-leidvollen Blick, der typisch ist für alle jungen italienischen Schauspielerinnen. Mein ganzes Leben, all meine Probleme, die Einsamkeit und die Ängste waren in meinen Gesichtszügen zu lesen – und trotzdem fand ich mich plötzlich interessant. Viel interessanter als ein psycholabiles deutsches Model, viel interessanter als ihr hohler Freund! Auf einmal war mir klar: Nicht ich bin die arme Bedauernswerte: Giulio ist es, den ich bedauern muss, weil er so leer ist in seinem Inneren, niemals erwachsen wird und sein Selbstwertgefühl nur darauf gegründet, dass er fantastisch aussieht. Und das soll ausreichen, um sich alles erlauben zu können? Wer ist hinter der Fassade? Einer, der eine schöne Frau und reiche Freunde hat, der zur richtigen Zeit am richtigen Ort ist? Wie dumm, dass er sich damit zufrieden gibt, denn so wird er niemals weiter kommen. Er hat keine Ahnung, was es heißt zu lieben, sich zu engagieren, für etwas zu kämpfen! Er ist so oberflächlich, hat null Tiefgang. So, jetzt fühle ich mich besser.

Donnerstag, 2. November

Heute habe ich mich gewogen: dreieinhalb Kilo mehr. Aber: Mein Busen ist fester geworden. Ich habe beschlossen, wegen meines Gewichts keine Tränen mehr zu vergießen. Das heißt nicht, dass ich wieder so dick werden will wie vorher, aber ich will nicht mein ganzes Leben von Kalorien bestimmen lassen. Und im Übrigen: Hatte ich denn als Schlanke den großen Erfolg? Wenn ein gemeiner Kerl wie Giulio alles ist, was man bekommt, dann lohnt es sich wirklich nicht, auf all die schönen Süßigkeiten zu verzichten.

Freitag, 3. November

Es ist keineswegs so, dass ich nicht mehr an Giulio denke, vor allem, wenn es aufs Wochenende zugeht – aber die Tatsache, dass ich mich jetzt mehr mit mir selbst beschäftige, lässt mir weniger Zeit, mich seinetwegen zu zermürben. Ich habe eine Liste von allem gemacht, was ich gerne tun würde, vom Töpferkurs bis zum Fettabsaugen an den Schenkeln – schade nur, dass eine Sekretärin wie ich, die täglich von neun bis siebzehn Uhr im Büro sitzt, entweder keine Zeit oder kein Geld dafür hat. Also ging ich in die Buchhandlung und kaufte mir einen Stapel Bücher – preiswerte Taschenbuchausgaben –, nachdem ich stundenlang Umschlagklappen studiert hatte. So verbringe ich am Wochenende jede Menge Zeit mit Lesen, und wer weiß, vielleicht werde ich noch zur Intellektuellen! Na ja, vielleicht sollte ich nicht gerade Jackie Collins und Belva Plain lesen, aber selbst das ist immer noch besser als Giulio nachzuweinen. Und dann habe ich ja noch den *Club der Teufelinnen* gekauft, die Geschichte von vier Frauen, die sich an ihren Männern rächen! Am besten, ich beginne damit.

Samstag, 4. November

Ich war mit Giacomo auf einer Skulpturenausstellung. Schade, dass die Kunstwerke so aufgestellt waren, dass man sie nicht anfassen konnte, das ist nämlich genau das, was mich an ihnen reizt: sie anzufassen. Der Stein lässt mich erschaudern, ich habe immer das Gefühl, in ihm den Geist des Bildhauers zu spüren. Erst dachte ich, dass das ein dummer Gedanke sei, den ich besser für mich behielt, doch dann fiel mir ein, dass ich beschlossen hatte, mich nicht mehr für meine Gedanken zu schämen, und ich erzählte Giacomo davon. Er wollte es ausprobieren, und so sind wir in den Dom gegangen. So nah, dass man sie anfassen konnte, war nur die Statue des heiligen Bartholomäus, jenes Märtyrers, der bei lebendigem Leib gehäutet wurde und der seine Haut wie einen Umhang über der Schulter trägt. Wir hatten natürlich beide nicht den Mut, unsere Finger auf die freiliegenden Muskeln zu legen, die so schauerlich naturalistisch dargestellt sind, aber wir amüsierten uns königlich.

Sonntag. 5. November

Ich habe mir in der Videothek zwei Filme geholt (eine Komödie und einen Thriller – keine Liebesgeschichten, please!) und den ganzen Nachmittag vor dem Fernseher verbracht. Gar nicht übel. Dann habe ich mir ein Mega-Entspannungs-Bad mit Tropenduft eingelassen und als ich in der Wanne das Buch der Goldsmith las, das mit den Ex-Frauen, wurde mir allmählich klar, dass die amerikanischen Dreckskerle noch gemeiner sind als die italienischen! Irgendwie baute mich dieser Gedanke auf, und ich dachte an meine lieben Freunde. In drei Tagen habe ich Geburtstag, ich werde eine Party geben, Giulio und allen anderen verbrieften Dreckskerlen zum Trotz! Nach einer längeren Telefonsitzung mit meinen Freunden, die alle gerne kommen, haben wir beschlossen, das Fest auf Samstag zu verschieben, so dass alle am nächsten Tag ausschlafen können. Der Gedanke an Giulio, wie er mich zärtlich anlächelt, erwischte mich kalt, und ich war wie betäubt von der Sehnsucht nach ihm, dem Wunsch, mit ihm gemeinsam zu feiern. Dann fielen mir all die Lügen ein, die er Trudi und mir aufgetischt hat, und meine Sehnsucht nach ihm war weg – auch der Brechreiz, den mir bisher jeder Gedanke an Trudi verursacht hatte. Im Grunde ist sie eine arme Betrogene wie ich … nur dass sie besser aussieht (sofort ist der Brechreiz wieder da). Im Übrigen bin *ich* jetzt eine ›Ex-Frau‹, während sie wahrscheinlich immer noch seine Lügen aushalten muss. Aber auch seine Augen … und seine Küsse … Halt, halt! Jetzt keine Schwäche zeigen, er hat es nicht verdient! Nur Mut, Gloria, du schaffst es!

Montag, 6. November

Heute ist ein weiterer Scheck von Slim Ice für mich gekommen (von Giulio unterzeichnet!), begleitet von einem sehr förmlichen Brief, in dem es heißt, dass der Fernsehspot einen Monat länger als ursprünglich vorgesehen ausgestrahlt wurde und mir daher weitere drei Millionen Lire zustehen. Erst wollte ich den Scheck wegwerfen, aber kurz vor dem Papierkorb hielt ich abrupt inne. »Bist du völlig übergeschnappt, Gloria?«, rief ich laut. Das ist mein Geld, ich habe es mir verdient! Und morgen kaufe ich mir ein neues Kleid für mein Geburtstagsfest, mit dem Scheck von Giulio, jawohl!

Dienstag, 7. November

Ich habe mir ein schwarzes Kleid gekauft, knapp knielang und mit weiß eingefassten Trägern. Und es war nicht mal teuer. Darin sehe ich aus wie Audrey Hepburn nach einer Aufbaukur.

Mittwoch, 8. November

Der Große Chef hat mich ins Besprechungszimmer gerufen. Luana teilte es mir mit Grabesmiene mit, und ich fühlte, wie mir das Blut in den Adern stockte. Ich hatte ja geahnt, dass meine Mutter es schaffen würde, mir auch noch meinen Job zu vermasseln ... Okay, macht nichts, steh deine Frau, Gloria, lass dir nicht auf den Kopf spucken: Du bist eine gute Sekretärin, du hast sogar einen Slogan kreiert, verteidige dich also, du bist es wert! Trotzdem hinterließ ich mindestens einen Liter kalten Schweiß auf dem Türgriff zum Besprechungszimmer. »Sie haben mich g ...«, fing ich an, aber ich wurde durch einen Chor unterbrochen. »Happy birthday to you ...« Alle waren da, sogar Olivia mit ihrem überheblichen Gesichtsausdruck. Ich wusste nicht, was ich tun sollte, doch Giacomo gab mir ein Messer in die Hand und meinte: »Los, schneide die Torte an!« »Das warst du!«, rief ich, aber er hob nur die Schultern und sagte: »Schneide die Torte in Stücke, ehe ich dich in Stücke schneide!« Mir kam *Ist das Leben nicht schön?* von Frank Capra in den Sinn, der Film, der seit zweitausend Jahren immer zu Weihnachten gesendet wird und in dem der Alte, der den Engel spielt, sagt: »Kein Mensch ist allein, solange er Freunde hat.« Ich sollte öfters daran denken!

Freitag, 10. November

Ich habe den Supermarkt leer gekauft, und in meiner Wohnung stapeln sich Getränke, Kartoffelchips, Pappteller … Zum Anstoßen habe ich *echten* Champagner besorgt, dem ganzen Elend zum Trotz. Ich fragte den Verkäufer nach der Marke, von der ich in einem meiner Bücher gelesen hatte, doch als er mir erklärte, dass ›Veuve‹ Witwe heißt, habe ich es mir anders überlegt …

Samstag, 11. November

Alle sind gekommen! Cinzia hat sogar einen Karaoke-Film mitgebracht, was die anderen erst mit Buhrufen kommentierten, um schließlich davor zu singen, als ob von der Lautstärke ihrer Stimmen die Zukunft der Welt abhinge. Mit einem Mal klingelte es an der Türe. Es war Giulio, mit einem Strauß Blumen in der Hand. Die Atmosphäre gefror schlagartig zu Eis. »Entschuldige, ich wusste nicht, dass du eine Party gibst«, sagte er in die plötzliche Stille. Sein Blick fiel auf die Torte. »Ach, du hast Geburtstag? Herzlichen Glückwunsch!« Mein Herz schlug bis zum Hals, ich war wie gelähmt und brachte kein Wort heraus. »Olivia hat mir gesagt, dass du gar nicht weg warst. Warum hast du mir dann ausrichten lassen, dass du nicht da bist?« Meine Stimme war wieder da: »Der ständige Umgang mit Lügnern hat wohl auf mich abgefärbt.« »Wie, was … » »Hast du mir etwa gesagt, dass deine ›Tagung‹ in deinem Haus am Stilfser Joch stattfand und dass es nur zwei Teilnehmer gab? Ich wusste auch nicht, dass die Tagung in deutscher Sprache abgehalten wurde. Brauchtest du Trudi deswegen? Als Dolmetscherin?« »Nein, Gloria, es war so, dass …« Ich ließ ihn nicht ausreden. »Du widerst mich an, Giulio, ich war so dumm, dir zu trauen, dich zu bewundern, es ekelt mich beinah vor mir selbst. Hau ab, du bist hier nicht willkommen.« Und da er keine Anstalten machte, sich in Bewegung zu setzen, schlug ich ihm – wie im Film – die Türe vor der Nase zu. Nach einem Augenblick der Verwirrung applaudierten alle begeistert, aber mir war elend zumute. Nicht nur das Wiedersehen mit ihm hatte weh getan, er hatte mir überdies Leid getan, wie er mit seinen Blumen an der Tür stand und seine dummen Entschuldigungen vorbrachte, die Blicke aller wie Speerspitzen auf ihm gerichtet. Dann merkte ich, dass die anderen um mich herumhüpften, als wäre ich die Jungfrau von Orléans, sie umarmten mich, klopften mir auf die Schultern und riefen begeistert: »Du warst echt stark!« »Das hast du gut gemacht!«. Sogar Daniela, Sklavin eines Doppelspielers par excellence, flüsterte mir zu: »Du traust dich was! Gibst du mir Unterricht im Abblitzen-Lassen von Dreckskerlen?« Allmählich ging es mir besser, und ich wurde immer euphorischer. Etwas *zu* euphorisch, um die Wahrheit zu sagen, aber besser als am Boden zerstört.

Sonntag, 12. November

Am Boden zerstört fühle ich mich heute, verdammt! Mein Kopf schmerzt so, dass ich meine Freunde anzeigen müsste, und ich fühle mich unendlich einsam. Vielleicht hätte ich Giulio doch nicht hinauswerfen sollen. Und wenn er sich jetzt nie mehr meldet? Ich weiß, dass ich eigentlich genau das wollte, aber heute bin ich mir nicht mehr so sicher. Ich habe mehr Ängste als Gewissheiten, und wenn ich mich im Spiegel ansehe, blickt mir eine derart vom Leben gezeichnete fünfunddreißigjährige entgegen, wie ich sie bisher nur in neorealistischen Filmen gesehen habe.

Montag, 13. November

Die Stimmung in der Agentur ist auf dem Gefrierpunkt: Wir haben den Wettbewerb um die Damenbinden-Werbekampagne verloren. Giacomo und Olivia streiten sich den ganzen Tag lang und geben sich gegenseitig die Schuld am Scheitern (natürlich hat Olivia angefangen). War ja auch abzusehen, dass man mit einem Slogan wie ›Soffy verleiht auch deinen Tagen Flügel‹ nicht weit kommen würde ... Aber es ist schon tragisch, wenn Art Director und Texter streiten, denn eigentlich müssten sie ein Herz und eine Seele sein. Mir tut es Leid, aber nur wegen Giacomo.

Dienstag, 14. November

Sobald ich an Giulio denke, wiederhole ich den Satz aus dem Buch der Schaum: »Wer dir weh tut, liebt dich nicht.« Und ich muss zugeben: Es hilft.

Mittwoch, 15. November

Nach Arbeitsschluss ging ich mit Giacomo auf einen Aperitif. »Wie fühlst du dich?«, fragte er mich. »Na ja, war schon mal besser drauf. Und du?« »Auch mir ging's schon mal besser.« Also bestellten wir statt der üblichen zwei Gläser Prosecco zwei Gläser Champagner. Ich gewöhne mich langsam daran. Wird wohl Zeit, dass ich mir einen anderen Job suche, mit einem Gehalt, das meinem neuen Lebensstil entspricht. »Ich hab hier was für dich«, sagte er und zog einen Umschlag aus der Tasche. »Warum?«, fragte ich verwundert. »Hast du tatsächlich geglaubt, dass die außergewöhnlichste Frau der nördlichen Hemisphäre kein Geburtstagsgeschenk von mir bekommt?« Stimmt, bei meinem Geburtstagsfest war ich etwas betroffen gewesen, als ich bemerkte, dass er mir nichts mitgebracht hatte; doch in dem Trubel vergaß ich es wieder. In dem Umschlag war eine Fotomontage: Ich mit Tuareg-Turban gemeinsam mit Michelangelo, Bernini und zwei anderen, die ich nicht erkannte, von denen ich aber annehme, dass es sich ebenfalls um berühmte Bildhauer handelt. Ich sah Giacomo mit leerem Blick an. »Lies, was auf der Rückseite steht.« Ich drehte das Foto um und las: »Pottery-Kurs, zwanzig Lektionen, einmal pro Woche von 19 bis 21 Uhr, Kursbeginn: Mittwoch, 22. November.« Meine Reaktion war wieder mal brillant: »Was ist Pottery?«, fragte ich. »Töpfern, es ist ein Töpferkurs, Gloria. Hast du nicht gesagt, dass du von einem Töpferkurs träumst? Wie's scheint, sind die Schüler am Ende des Kurses sogar imstande, die Pietà Rondanini zu modellieren.« Ich war so gerührt, dass ich nicht den Mut hatte, ihm zu sagen, dass ich keinen blassen Schimmer habe, wie die Pietà Rondanini aussieht.

Freitag, 17. November

Wie viele Freitage, den 17. gibt es denn noch? Ich dachte, es wäre Schluss damit für dieses Jahr, aber offenbar liegt immer noch einer auf der Lauer … Eigenartig ist nur, dass es mir heute den ganzen Tag nicht aufgefallen ist, und es ist nichts Schreckliches passiert. Bin ich es, die durch ihre Gedanken das Unglück anzieht?

Samstag, 18. November

Tante Nora rief an, um mich wie üblich für Sonntag zum Mittagessen einzuladen. Ich erinnerte mich daran, dass sie mir vorgeschlagen hatte, Giacomo mal mitzubringen, und so rief ich ihn an und fragte, ob er mitkommen wolle. Er war ganz begeistert von der Idee, die ›berühmte Tante Nora‹ kennen zu lernen. Mehr und mehr glaube ich, dass sie nach der Erschaffung Giacomos die Form weggeworfen haben, denn so liebenswürdige Männer wie er sind mir noch nie begegnet.

Sonntag, 19. November

Wir haben den Nachmittag damit verbracht, alte Familienfotos anzuschauen und dazu Tante Noras hausgemachten Nusslikör zu nippen. Es war richtig schön. Als ich nach Hause kam, war ich voller Tatendrang. Und heute Abend gibt's einen schönen Film im Fernsehen: Ich werde es mir im Jogginganzug und dicken Strümpfen auf dem Sofa bequem machen. Im Grunde geht es mir gar nicht schlecht so allein.

Dienstag, 21. November

Meine Gesellschaft langweilt mich nicht mehr. Ich werde doch nicht anfangen, mich zu mögen?

Mittwoch, 22. November

Der Töpferkurs ist fantastisch!! Wir waren zu elft in einem großen Raum, jeder hatte eine große weiße Schürze umgebunden und vor sich eine Töpferscheibe. Ich bekam einen Block von weichem Ton und einen Eimer Wasser, dann sollte ich den Ton befeuchten und durchkneten. Was für ein Vergnügen!! Ich fühlte mich wie ein kleines Mädchen, das mit Lehm spielen darf, ohne dafür geschimpft zu werden. Wenn man den Ton auf die Drehscheibe legt, überträgt sich die kreisende Bewegung wie ein Streicheln auf die Hände, und der Ton, der sich zwischen die Finger quetscht, verursacht ein leichtes Kitzeln. Eine leichte Bewegung genügt, und schon verändert sich die Form! Als ich nach Hause ging, kam mir in den Sinn, dass auch das Leben so ist: Manchmal braucht man es nur an der richtigen Stelle anzufassen, um es in die gewünschte Form zu bringen.

Donnerstag, 23. November

Ich wollte Giacomo von meiner Begeisterung für das Töpfern erzählen, aber heute gab es in der Agentur einen Riesenkrach zwischen ihm und Olivia. Noch nie zuvor hatte ich Giacomo so brüllen hören. Der Große Chef musste eingreifen, und am Ende schrie auch er, und man verstand überhaupt nichts mehr. Am schrecklichsten war es, als der Chef zu Jack sagte: »Olivia arbeitet schon lange hier, und bis jetzt gab es nie Probleme.« »Ja, weil mein Vorgänger gegangen ist«, erwiderte Giacomo. »Wenn dir unsere Arbeitsweise nicht passt, kannst du ja auch gehen!« »Sie nehmen mir das Wort aus dem Mund!«, rief Giacomo und verließ den Raum.

Freitag, 24. November

Die Luft in der Agentur ist zum Schneiden. Ich schaue dauernd auf Giacomos Türe und kann es einfach nicht fassen, dass sein roter Schopf nicht jeden Moment erscheint. Ich habe gestern versucht ihn anzurufen, aber es war nur der Anrufbeantworter dran.

Samstag, 25. November

Ich musste unbedingt unter Menschen, und so bin ich mit Dario und Mario, den beiden größten Bonvivants der Stadt, auf ein Fest gegangen. Und wen treffe ich? Meinen glücklich verheirateten Großen Chef und Olivia, wie sie sich Hand in Hand verliebt zulächeln!! Olivia weiß es sich einfach immer so einzurichten, wie sie es gerade braucht. Ich fixierte die beiden, und als die Harpyie endlich den Blick hob und mich ansah, lachte ich ihr mitten ins Gesicht. Keine Ahnung, wie ich auf die Idee gekommen bin, ich hatte wohl instinktiv erfasst, dass ich sie damit am meisten treffen würde – und tatsächlich lief sie rot an, ob vor Wut oder Verlegenheit, das weiß ich nicht. Vielleicht bin ich auch bald meinen Job los, aber ich konnte einfach nicht anders!

Sonntag, 26. November

Giacomo ist verschwunden. Ich wollte ihm die Geschichte mit Olivia erzählen, die das feindliche Verhalten des Chefs ihm gegenüber erklärt, aber ich gerate immer nur an den Anrufbeantworter – so hinterließ ich ihm zum x-ten Mal eine Nachricht.

Montag, 27. November

Ohne Giacomo ist die Arbeit trostlos. Den Dingen scheint die Farbe entwichen zu sein.

Dienstag, 28. November

Nicht zu glauben, Giacomo hat heute schon wieder Namenstag! Und ich kann's ihm nicht mal sagen, und er kann mir nicht sagen, dass ich ein lebender Kalender bin … Wo steckt er denn nur? Er hat noch nicht mal seine Sachen aus dem Büro geholt. Ich fange an, mir Sorgen zu machen, aber ich möchte nicht noch einmal seine Türe einrennen … Die Tatsache, dass er nicht zum ersten Mal verschwunden ist, beruhigt mich ein wenig. Aber nur ein wenig.

Mittwoch, 29. November

Vorladung zum Großen Chef. »Gloria, da *dein Freund* Giacomo es nicht der Mühe wert findet, sein Büro zu räumen, willst du das für ihn übernehmen? Der neue Art-Director, ich hoffe er ist besser als sein Vorgänger, kommt morgen.« Ich konnte mich nicht beherrschen: »Ich kann mir denken, dass diesmal Olivia bei der Wahl ein Wörtchen mitzureden hatte: Der Neue ist sicher so dumm, dass er gar nicht imstande ist, sie zu kritisieren, und ihr so hörig, dass er ihr keine Probleme macht!« Ich traute meinen eigenen Ohren nicht, hatte ich das wirklich gesagt? Der Große Chef sah mich so eisig an, dass ich mich fühlte wie die Titanic, kurz bevor sie auf den Eisberg auflief. »Räumen Sie bitte gleich auch Ihren Schreibtisch«, sagte er kalt, wobei er zum formalen ›Sie‹ überging. Ich lief violett an, die Welt um mich herum stürzte ein, ich hatte meine Arbeit verloren. Aber meine Würde wollte ich nicht verlieren. Ich sah meinen Chef an, genauer gesagt, meinen Ex-Chef, und sagte: »Wenn Sie sich das nächste Mal von einer Texterin verführen lassen, informieren Sie sich, wer in Wahrheit die Slogans erfindet. Der von Slim Ice stammt nämlich von mir. Offensichtlich ist das Stehlen ihr Metier, das Stehlen von Slogans und von Ehemännern anderen Frauen.« Während er nach Luft schnappte und mit gepresster Stimme fragte: »Aber wer hat …«, ging ich aus dem Zimmer.

Donnerstag, 30. November

Als ich gestern die Agentur verließ, rief ich laut: »Hört alle mal her! Olivia hat ein Verhältnis mit dem Chef, passt auf, was ihr sagt, sonst werdet ihr auch gefeuert!« Und heute stehe ich ohne Arbeit da, ohne Referenzen, ohne Verlobten und ohne besten Freund. Warum fühle ich mich eigentlich so gut?

Dezember

Der Mensch, mit dem ich zu zweit Single sein kann

Freitag, 1. Dezember

Ich bin zu Giacomo nach Hause gefahren. Es konnte doch einfach nicht sein, dass er nichts von alledem erfuhr, was mittlerweile geschehen war. Die Pförtnerin sagte: »Aber Signor Giacomo ist weggegangen!« »Und wohin?« »Das weiß ich nicht, auf jeden Fall hatte er einen Koffer dabei.« Wie, einen Koffer? Und wieso ist er einfach gegangen, ohne mir etwas zu sagen? »Sie wissen nicht, wann er zurückkommt?« Die Pförtnerin sah mich misstrauisch an. »Ich bin seine beste Freundin«, erklärte ich. »Ja, wenn Sie es nicht wissen …«, antwortete Miss Freundlichkeit und hob beide Arme.

Samstag, 2. Dezember

Ich sollte mich um einen neuen Job kümmern, aber ich habe einfach keine Kraft dazu. Oder keine Lust. Das Einzige, worauf ich jetzt wirklich Lust habe, ist, ein bisschen Zeit für mich zu haben. Heute ist ohnehin Samstag, und bis Montag kann ich beim besten Willen nichts tun. Ist auch besser so. Ich denke ununterbrochen an Giacomo, der einfach weggefahren ist, ohne mir etwas zu sagen. Im Grunde habe ich meine Stelle auch seinetwegen verloren, und irgendwie fühle ich mich ein wenig betrogen. Bisher habe ich noch niemandem erzählt, dass mir gekündigt wurde. Ich kann jetzt weder Ratschläge noch verständnisvolle Blicke brauchen, außerdem muss ich das Ganze erst selbst verarbeiten. Mir ist, als lebte ich in einer Parallelwelt, und dennoch fühle ich mich nur ein bisschen unbehaglich. Im Übrigen ist mein Reaktionsvermögen zur Zeit gleich null.

Montag, 4. Dezember

Komisch, es ist Montag, und ich muss nicht zur Arbeit! Ich bin in die Stadt gefahren, die schon mit Weihnachtsschmuck behängt ist wie ein amerikanischer Weihnachtsbaum. Bisher habe ich die Weihnachtseinkäufe immer erst auf den letzten Drücker gemacht, eingezwängt in eine Menschenmenge, die so dicht ist wie bei einem Beatles-Konzert. Das erste Mal seit meiner Kindheit genieße ich heute die vorweihnachtliche Atmosphäre ohne Hektik und Stress. Ich habe schon einen fünfziger Jahre-Toaster für Cinzia und Andrea gekauft, dann war ich in einer Buchhandlung, wo ich für Daniela nach einem Ratgeber zum Thema *Wie verlasse ich einen verheirateten Mann* suchte. Eine ganze Abteilung widmet sich unter der Bezeichnung ›Entwicklung der Persönlichkeit‹ diesem und verwandten Themen. Lauter reiche und verheiratete Amerikanerinnen, die den anderen beibringen, wie man sein Leben meistert. Nicht ein einziges italienisches Buch, in dem es um einen Angehörigen der ganz speziellen Rasse Latin Lover geht. Ich ließ es bleiben. Zuhause hatte ich dann eine Idee. Ein wenig verrückt, aber …

Dienstag, 5. Dezember

Heute Abend ist wieder Töpferkurs, und ich vermisse Giacomo so sehr. Ich würde gerne mit ihm über die Idee sprechen, die ich hatte, aber wo zum Teufel steckt er nur? Er lässt nichts von sich hören, und ich fange an, mich über ihn zu ärgern. Heute habe ich den Satz gelesen: »Unsere Erfahrung besteht eher aus verlorenen Illusionen als aus erworbenem Wissen.« Von wem ist der, hätte Giacomo gefragt, von Baudelaire? Nein, von Roux. Hast du ihn in einem seiner Bücher gelesen? Nein, im Rätselheft *Domenica Quiz*.

P.S.: Wer, verdammt noch mal, ist Roux? Ich habe beschlossen, dass ich ab heute alles, was ich nicht weiß, im Lexikon nachschlage, auf diese Weise werde ich in Kürze ein enormes Wissen haben! Also, sehen wir mal nach, Roux ... Roux ... Hier ist er! Aber er ist gar kein Autor, sondern ein deutscher Anatom und einer der Begründer der experimentellen Embryologie, der über ›Das Wachstum des Embryos und die funktionelle Anpassung seiner Körperteile‹ (und was heißt das?!) geforscht hat – im Lexikon heißt es weiter, dass er mit seiner Forschung ›im Gegensatz zu den Neovitalisten wie Hans Driesch stand‹. Zum Teufel mit Roux und meinem enormen Wissen!

Mittwoch, 6. Dezember

Der Töpferkurs ist herrlich entspannend, man vergisst all seine Probleme. Allein mit dem Ton, mit den Händen, scheint einem alles auf einmal so einfach. Heute habe ich in der Zeitung eine asiatische Geschichte gelesen, die mich sehr beeindruckte: Ein alter Mann schüttet Joghurt ins Meer.

Ein Passant fragt ihn: »Was machen Sie denn da?« »Ich möchte gerne, dass das Meer zu Joghurt wird.« »Aber entschuldigen Sie, Sie wissen doch, dass das nicht möglich ist!« Und der Alte antwortete lächelnd: »Ja, aber es ist so schön, daran zu glauben ...« Okay, ich will also auch daran glauben. Oder es zumindest versuchen. Ich werde den fehlenden Ratgeber schreiben, mit italienischen Geschichten und italienischen Situationen. Ich habe noch nie versucht, etwas zu schreiben, aber in der Schule war ich in Italienisch immer ganz gut, vor allem im Aufsatzschreiben. Ich weiß, dass es etwas anderes ist, ein Buch zu schreiben, aber ich muss es ja nicht veröffentlichen: Ich will es für mich schreiben, für meine Freundinnen, für alle weiblichen Singles, die ich kennen lerne. Ich weiß auch schon den Titel: *Tagebuch eines Singles.* Tag für Tag werde ich erzählen, wie hart das Single-Dasein in einer Welt der Paare ist, aber auch, dass es verkehrt ist, sich an einen Mann zu hängen, nur weil man denkt, dies sei die einzige Möglichkeit, ein normales Leben zu führen. Mein Leben ist total normal, auch ohne Mann, auch wenn alle einem immer das Gegenteil weis machen wollen. Ich werde Dario bitten, das Manuskript zu korrigieren und Giacomo nach und nach die einzelnen Textabschnitte zum Lesen geben, vorausgesetzt, es gibt noch einen Giacomo, den ich darum bitten kann ...

Ich habe mit dem Schreiben begonnen! Ich schreibe einfach drauf los, ohne Plan, gehe, wohin der Stift mich trägt. Und es macht mir riesigen Spaß.

Freitag, 8. Dezember

Ich habe mich mit Anna getroffen und ihr alles erzählt. Sie

hält mich nicht für verrückt! Sie war sogar ganz begeistert von meiner Idee und meinte gleich, dass ich in jeder Hinsicht auf sie zählen kann. »Auch finanziell«, fügte sie in leiserem Ton hinzu, als würde sie sich schämen. Tja, das Geld. Ich habe noch etwas auf dem Konto, aber Miete und Essen schlucken doch eine Menge, ewig wird es nicht reichen. Jetzt will ich aber nicht darüber nachdenken. Jetzt will ich schreiben.

Samstag, 9. Dezember

Ich wusste gar nicht, dass ich so viele Ideen habe! Aus meinem Stift strömt mein Leben der vergangenen Jahre – wie ein Fluss, der Hochwasser führt. Und je mehr ich schreibe, desto sinnvoller erscheint mir das Ganze. Es ist ein wunderbares Gefühl. Ich wünsche mir nur, dass Giacomo hier ist, damit ich ihm alles erzählen kann. Ich versuche, nicht immer daran zu denken, aber es ist mir ein Rätsel, warum mein lieber Jack einfach so mir nichts dir nichts abhauen konnte. Auch wenn es eine Liebesflucht ist, er hätte es mir wenigstens sagen, sich verabschieden können, dann brauchte ich mir jetzt keine Sorgen zu machen! Er scheint mich vergessen zu haben. Was für ein trauriger Gedanke.

Montag, 11. Dezember

Luana rief an und sagte mit gedämpfter Stimme: »Gloria, da war eben ein Anruf für dich.« »Von wem?«, fragte ich und dachte erst an Giacomo, dann an Giulio. »Irgendwelche Typen, es geht um einen Werbespot. Ich habe mir die Telefonnummer geben lassen.« »Ein Werbespot?« »Ja, sie sagten, wenn du das Slim-Ice-Girl bist, dann haben sie einen Job für dich.« »Luana, du bist ein Schatz! Was für ein Glück, dass du ans Telefon gegangen bist!« »Was heißt hier Glück, schließlich beantworte ich alle Anrufe, wir haben noch immer keine Sekretärin. Der Chef hatte eine engagiert, die fand Olivia aber zu hübsch, und so wurde sie wieder weggeschickt. Hier wird es immer unerträglicher ohne dich und Giacomo.« »Hast du was von ihm gehört?«, fragte ich mit klopfendem Herzen. »Nein, ich dachte, du könntest mir etwas sagen!«, erwiderte Luana. Dann fügte sie hinzu: »Ach Glory, du fehlst mir so, es gibt niemanden hier, mit dem ich mich unterhalten kann.« Gerührt über die Zuneigung sagte ich ihr: »Du fehlst mir auch, Luana. Wir müssen uns wirklich treffen. Sag mal, warum kommst du nicht einfach morgen Abend zu mir zum Essen?« »Schön wär's, aber wer kocht dann für meine Lieben?« »Dein Mann zum Beispiel! Du hast doch wirklich auch mal das Recht auf einen freien Abend! Sollen sie doch in die Pizzeria gehen!« Hach, ich entwickle mich zur Emanze!

Dienstag, 12. Dezember

Ich soll tatsächlich einen weiteren Werbespot drehen! Diesmal für fettfreie Käsescheibletten: Offensichtlich habe ich den Eindruck hinterlassen, eine Sklavin der Diätindustrie zu sein, oder vielleicht glauben sie nur, dass ich gerne esse, aber in Form bleiben will, was der Wahrheit schon näher kommt. Sie fragten mich, wer mein Agent sei, und ich redete mich heraus, indem ich behauptete, dass ich meinen Agenten eben gekündigt hätte, dass ich aber bereits Kontakt mit einem neuen aufgenommen hätte. Kaum hatte ich aufgelegt, rief ich den Göttlichen an, der jede Menge Leute kennt. »Dario, schnell, ich brauche unbedingt einen Casting-Agenten!« »Was¿!¿« »Ich habe ein Angebot für einen neuen Werbespot, und sie wollen mit meinem Agenten reden, nur leider habe ich keinen.« »Bittet, so wird euch gegeben: Eine Freundin von mir ist in der Branche tätig, ich rufe sie an.« Der Göttliche heißt nicht umsonst so. Nach etlichen Telefonaten hatte Dario für morgen ein Treffen mit einem Agenten organisiert, einem gewissen Giordano Di Narni, Chef der AIP, der Freund eines Freundes eines Freundes. Er meinte, dass er interessiert an einer Zusammenarbeit mit mir sei, zumal ich ja schon ein Angebot hätte. Heute Abend kam Luana zu Besuch, anfangs war sie noch etwas schüchtern und zurückhaltend wegen des ungewohnten Gefühls, einen Abend ohne ihre heilige Familie zu verbringen, dann taute sie aber auf. Wir gingen in eine Pizzeria, und im Hinblick auf den neuen Werbespot lud ich sie ein. Wir lachten und amüsierten uns wie zwei Kinder, unterhielten uns über das Chaos in der Agentur, das Olivia und der Idiot von einem Chef angerichtet haben, und wir stellten eine Million Mutmaßungen über den Verbleib von Giacomo an. Als ich Luana vom *Tagebuch eines Singles* erzählte, sprang sie auf und rief: »Eine Schriftstellerin, wer hätte das gedacht!« »Ach was ich doch nicht«, antwortete ich lachend, und wir machten uns wie ein biblischer Heuschreckenschwarm über das Dessert her.

Mittwoch, 13. Dezember

Giordano Di Narni ist mindestens vier Meter groß und hat kein einziges Haar auf dem Kopf. Dafür sprießen aus seinem Kragen eine Reihe grauer krauser Fäden, die aussehen wie die Zotteln eines Vileda-Wischmops. Sein Frisör scheint Ray Charles zu sein. Mindestens zehn Minuten lang saß ich vor ihm und wartete, während er telefonierte oder im Internet wer weiß wohin surfte. Ich war eher belustigt als genervt: Es sah aus, als hätte er neun Ohren und zwölf Arme. Endlich wandte er sich mir mit einem Seufzer zu. »Uff, das reicht jetzt aber für die nächsten ... » »Drei Minuten?«, vollendete ich lächelnd den Satz. Um zu vermeiden, wie ein ängstliches Dummchen zu wirken, hatte ich beschlossen, mich so zu benehmen, als hätte ich Giacomo vor mir. Di Narni schenkte mir ein Lächeln, und am Schluss bot er mir sogar einen Kaffee aus dem Automaten an (keine Sklavinnen!). »Hast du Vertrauen zu mir?«, fragte er mich plötzlich, wobei er zum persönlichen Du überging, und rührte weiter den Kaffee in seinem Pappbecher um. »Hast du denn Vertrauen zu mir?«, konterte ich. »Bingo, das war die richtige Antwort!«, rief er lachend. »Herzlich willkommen bei der Artist International Promotion!«

Donnerstag, 14. Dezember

Wo zum Teufel ist Giacomo? Ich könnte heulen, so sehr fehlt er mir, und gleich darauf könnte ich ihn ohrfeigen: Keine Nachricht, nicht ein Wort! Er wird nicht am Ende ein hundsgemeiner Kerl wie alle anderen Männer sein? Aber er ist kein Mann, er ist mein bester Freund! Ich fange an, mir ernsthaft Sorgen zu machen. Ich bin noch einmal bei ihm zu Hause vorbeigegangen, aber die Pförnerin hat ihn seit seiner Abreise nicht wieder gesehen. Ist es denn möglich, dass er keinem Menschen erzählt hat, wohin er geht? Aber vor allem, wie ist es möglich, dass er *mir* nichts gesagt hat? Das gibt mir doch ziemlich zu denken.

Freitag, 15. Dezember

Ich schrieb gerade wie eine Besessene an meinem *Tagebuch*, als Giordano Di Narni anrief: »Ich habe eben mit den Leuten von den Käsescheibletten Magrette gesprochen. Sitzt du?« »Nein, aber sag!« »Sie wollen dich für ein ganzes Jahr als Testimonial für ihre Diätprodukte. Weißt du, was das bedeutet, ich meine, umgerechnet in Lire?« »Was?«, hauchte ich, zu mehr reichte meine Stimme nicht. »Sie haben vierzig angeboten, aber ich habe sie auf fünfzig hoch gehandelt.« »Fünf ... Fünfzig was?«, rief ich ungläubig aus. »Fünfzig Millionen natürlich.« Ich sank auf das Sofa nieder, unfähig, etwas zu sagen, ich konnte nicht einmal mehr atmen.

Samstag, 16. Dezember

FÜNFZIG MILLIONEN LIRE!!! Wer hat schon so viel Geld auf einmal gesehen?!? Ich kann es noch immer nicht glauben! Heute unterschrieb ich bei Giordano den Vertrag, obwohl Samstag ist (»Besser sofort unterschreiben, so haben sie keine Zeit, es sich anders zu überlegen«, sagte er, der Weise), und als ich aus dem Büro ging, war mein Kopf so leicht wie der von Bob Marley beim hundertsten Joint. Ich habe alle für heute Abend zu mir nach Hause eingeladen, um ihnen die große Neuigkeit zu verkünden. Schon komisch, ich brauchte nur kurz entschlossen zu reagieren, und schon ist mein Leben ein Feuerrad voller Überraschungen. Der einzige Wermutstropfen ist, dass ich es Giacomo nicht erzählen kann. Er wäre sicher mächtig stolz auf mich!

Ich bin reich, beinah zumindest! Aber es ist besser, ich lasse mir den Reichtum nicht zu Kopf steigen, denn

1. sehe ich das Geld erst, nachdem ich den ersten Werbespot gedreht habe;
2. sind fünfzig Millionen Lire viel Geld, aber sie reichen nicht ewig, und ich muss dennoch einen Job finden.

Aber all das erst nächstes Jahr! Jetzt möchte ich erst mal den Rest dieses Jahres genießen. Heute gehe ich mit Dario zur Eröffnung einer neuen schicken Bar; Dario hat wieder mal Mario verlassen und ist jetzt mit einem honorigen Bergamasken zusammen, der verheiratet ist und drei Kinder hat. Auf dem Foto, das mir der Göttliche zeigte, sieht er aus wie Leone di Lernia, in einem eher ungünstigen Moment. Armer Mario … Ich hoffe nur, dass der Göttliche früher oder später kapiert, dass das wirklich Gute vielleicht weniger aufregend ist als eine Eroberung, aber viel rarer und wichtiger. Mamma mia, ich rede schon so wie Francesco Alberoni!

Ratet mal, wem ich heute Abend bei der Eröffnungfeier begegnet bin! Ihm, dem Dominierenden Gedanken dieses Jahres, dem coolen Righi. Er schlenderte in Begleitung einer Schönen mit dunklem Haar einher, die von hinten aussieht wie ich – HA! Als er mich sah, war er einen Augenblick lang völlig verunsichert und man sah ihm an, dass er nicht recht wusste, ob er mich grüßen sollte oder nicht. Ich nahm ihm die Entscheidung ab und ging mit einem Lächeln auf ihn zu: »Ciao, Giulio«, sagte ich und streckte ihm die Hand entgegen. »Ist das ein Friedensangebot?«, fragte er mich und drückte mir die Hand. Bei seiner Berührung erschauderte ich, aber die kleine Gloria wachte sofort auf, und hinter der faszinierenden Fassade Giulios erschienen wie in einem

Film alle Ungewissheiten, alle Lügen und alle Mängel. »Die Dinge, die keinen Sinn haben, gehen schnell vorbei.« »Sei nicht so gemein, Gloria«, sagte er traurig. »Als ich dich sah, war mein erster Gedanke: Hier ist ja mein Engel.« Mein Engel? Aus welcher Quelle schöpft er seine Ausdrücke, aus *Beautiful*? »Komm«, sagte er mit zuckersüßer Stimme, »lass uns was trinken.« Ich sah, wie seiner Begleitung das Blut aus dem Gesicht wich und antwortete: »Danke, ich bin mit jemandem verabredet ... Ciao!« Ciao, ein für alle Mal.

Montag, 18. Dezember

Ich fühle mich zehn Kilo leichter. Giulio kam mir richtig öde, blass, bleich, düster, elend und wüst vor, als er wie ein Tölpel mit seiner jüngsten Eroberung dastand, im Gesicht den verlegenen Ausdruck des Verlierers. Er kam mir so unnütz vor, mit all seinen leeren Phrasen und all seiner Schönheit! Dann, ich weiß nicht warum, fiel mir Giacomo ein. Ich erinnerte mich an die Tage in Marokko, die Abende bei mir zu Hause, die Bücher und die Überraschungen. Er fehlt mir so sehr, und sein plötzliches Verschwinden hat mich tief getroffen. Und wieder einmal bewahrheitet sich: Welche Bedeutung jemand für einen hat, das merkt man oft erst dann, wenn man ihn verloren hat.

Dienstag, 19. Dezember

Ich habe Papà auf dem Friedhof besucht. Ich mache das nicht häufig, denn ich kann immer noch nicht glauben, dass er wirklich hier liegt – ich stelle mir lieber vor, dass er neben mir steht. Doch heute drängte mich irgendetwas, ich weiß nicht, vielleicht wollte ich ihm einfach nur erzählen, was mir zur Zeit passiert. Das Grab war sehr gepflegt, davor stand eine Frau. Tante Nora. Wir umarmten uns wortlos, dann sagte sie: »Giovanni freut sich sicher, uns gemeinsam hier zu sehen.« Ich sah ihr zu, wie sie die Blumen auf dem Grab von Papà ordnete, und eine Welle der Zuneigung stieg in mir hoch: Tante Nora ist tatsächlich die Einzige, die mich nie allein gelasssen hat, die immer auf meiner Seite stand. Und seit dem Tod meines Vaters war sie immer für mich da, ohne sich je aufzudrängen. Viel mehr als meine Mutteer – und viel besser als sie es jemals gekonnt hätte! Sie ist meine Familie. Während ich das dachte, hätte ich ihr am liebsten die ganze Welt geschenkt. Dann fiel mir ein, dass ich ihr jetzt, wo ich Geld habe, zumindest ein Stück dieser Welt schenken kann! Als wir uns verabschiedet hatten, lief ich ins nächste Reisebüro. »Ich würde gerne eine Reise für zwei Personen nach New York buchen, Abreise vor Weihnachten, Rückreise Anfang Januar«, sagte ich. Die Angestellte lachte mir ins Gesicht: »Nach New York? Jetzt?! Seit mindestens einem Monat ist alles total ausgebucht!« Na ja, war ein Versuch. Tante Nora und ich werden uns wohl weiterhin mit TV-Serien begnügen müssen.

Mittwoch, 20. Dezember

Vorweihnachtsfest mit den Freunden bei Anna und Fabrizio. Wir waren vollzählig, auch Darios neuer Freund ist gekommen, der Bergamaske Bepi, der trotz seiner Stelle im Rathaus aussieht, als käme er direkt aus dem Film *Der Pantoffelbaum*, was Darios bukolische Neigungen durchaus bestätigt. Er ist nicht unsympathisch, aber erstens ist er verheiratet (laut Dario würden wir Frauen massenweise Selbstmord begehen, wenn wir wüssten, wie viele Beziehungen er schon mit verheirateten Männern hatte!), und zweitens mag ich Mario einfach lieber. Als ich Dario das sagte, flüsterte er mir zu: »Du hast ja so Recht, Bepi geht mir allmählich auf die Nerven … Aber wie soll ich Mario zurückerobern? Ich glaube, diesmal verzeiht er mir nicht mehr.« Zum Glück war Bepi noch woanders eingeladen und musste schon um 22 Uhr gehen. Um 22 Uhr eins rief ich Mario an, der traurig zu Hause saß. »Dario bereut seinen Seitensprung, Mario. Du weißt ja, wie er ist, er braucht lange Zügel, doch er kommt immer wieder zurück.« »Wo seid ihr?«, fragte er nach kurzem Zögern. »Bei Anna und Fabrizio.« »Ich komme.« Alles war wieder im Lot. Alles, außer Giacomo.

Donnerstag, 21. Dezember

Mittagessen bei Tante Nora. Als wir gerade beim Hauptgang waren, klingelte das Telefon. »Für dich«, sagte Tante Nora. Giacomo! Nein, es war Anna. »Entschuldige die Störung, Gloria, aber im Internet gibt es eine Last-Minute-Website …« »Sprich Italienisch mit mir!«, unterbrach ich sie. »Eine Seite im Internet, wo Flüge angeboten werden, die wenige Tage vor Abflug noch gebucht werden können. Ich habe ein Angebot für zwei Personen gefunden, zehn Tage New York, Hotel inklusive, zu einem Super-Preis. Der Abflug ist am Heiligabend, deswegen sind die Plätze wahrscheinlich noch frei, Rückflug am vierten Januar. Ich dachte, dass …« »Du bist ein Genie, Anna, reservier sofort!!« Dann sah ich Tante Nora an: »Erinnerst du dich an Jo-Beth, Mark und Michael?« »Die aus der Serie *Influenza d'amore*?« »Ja, genau die. Weißt du, wo sie wohnen?« »In Amerika.« »Ja, aber wo in Amerika?« »In New York.« »Die Antwort ist richtig, New York! Die

Dame gewinnt hiermit eine Reise für zwei Personen zum Big Apple, nach New York!!« Tante Nora sah mich mit einem nachsichtigen Lächeln an, so wie man Kinder ansieht, die versucht haben, eine geistreiche Bemerkung zu machen, und die man ermuntern muss. »Tante Nora, hast du verstanden? Ich habe eben zwei Plätze bekommen.« »Was für Plätze?«, fragte Tante Nora verwirrt. »Unsere, Tante Nora. Wir fliegen am Sonntag nach Amerika! Das ist mein Weihnachtsgeschenk für die beste Tante der Welt! Tante Nora? ... Tante Nora! Du musst deine Koffer packen, du kannst jetzt keinen Kollaps bekommen, nicht jetzt!«

Sonntag, 24. Dezember

Tante Nora überstand die Feuertaufe ihres ersten Fluges mit bewundernswerter Gelassenheit, und die Stewardessen haben ihr sogar eine Urkunde und ein Glas Sekt überreicht! Nur mit Mühe konnte ich Tante Nora davon abhalten, sie alle zu sich nach Hause einzuladen. Dann, nachdem wir stundenlang am Zoll Schlange gestanden hatten, stiegen wir in ein schäbiges Taxi und gaben unsere Hoteladresse an. Während der Fahrt auf der sechsspurigen Autobahn tauchte links Manhattan mit seinen Wolkenkratzern, den Twin Towers und dem Empire State Buildung auf, genau wie im Film. Tante Nora und ich weinten vor Überwältigung.

Montag, 25. Dezember

Was für ein wunderbares Weihnachten!! Ich glaube, New York ist die fantastischste Stadt der Welt. Alles ist beleuchtet, und die Menschen sehen aus wie im Film, so dass wir uns alle zwei Sekunden anstoßen und sagen: »Schau mal, was für ein amerikanisches Gesicht der hat ...« Heute sind wir den ganzen Tag zu Fuß durch die Stadt gelaufen, und wir wurden des Schauens nicht müde. Es kommt uns wirklich so vor, als wären wir in einem Film, mit den dampfenden Kanalgittern, den beleuchteten Bäumen, dem Schnee und den Wolkenkratzern. Unser Weihnachtsessen bestand aus einem doppelten Hot Dog am Würstchenstand: Ich spreche zwar kaum Englisch, aber mit Hilfe des Zeigefingers, Grimassen und Kaugebärden gelang es mir, mich zu verständigen! Mir wird klar, warum man hierzulande glaubt, dass die Italiener mit den Händen sprechen. Wenn ich mich in Italien so aufführen würde, käme ich sofort ins Irrenhaus. Zurück im Hotel, fiel Tante Nora erschöpft aufs Bett. Ich ging in die Hotelbar und bestellte mir einen Martini. Ich mochte ihn noch nie, aber was soll's: Ich fühlte mich wie die Hauptdarstellerin in einem Film von Woody Allen, und sogar die Olive schmeckte mir besser als sonst! That's America.

Dienstag, 26. Dezember

Mit dem Stadtplan in der Hand, schaffte ich es nach mehreren missglückten Versuchen endlich, Tante Nora bis zu FAO Schwarz zu schleppen, in das größte Spielwarengeschäft der Welt, das man immer im Film sieht. Am Eingang standen zwei riesige A-Hörnchen und B-Hörnchen, die unter Verbeugungen die Türe öffneten, und drin war es gerammelt voll mit Menschen, Geräuschen, Farben ... Der Traum aller Kinder, auch der Großen! Und selbst Tante Nora, die mir mit Leidensmiene gefolgt war, verschwand nach zehn Minuten hinter einem kleinen Zug, dessen Lokführer Winnie the Pooh war. Während ich voller Neid einigen Kindern zusah, die mit einem riesigen Klavier spielten, fiel mein Blick auf einen Mantel. Giacomo! Nein, der Typ hatte schwarze Haare. Aber der Mantel war der gleiche. Mit einem sehnsüchtigen Seufzer ging ich weiter zu einem Mega-Barbie-Haus. Plötzlich fühlte ich eine Hand auf meinem Arm. »Gloria … Das ist ja nicht möglich!« Ich drehte mich um. Da stand Giacomo vor mir, mitten in New York. Mit schwarzen Haaren. Ich war so sprachlos, dass ich es gerade mal schaffte, auf seinen Kopf zu deuten. »Ach ja, die Haare!«, sagte er, und fuhr sich mit der Hand über den Kopf. »Ich war das Theaterspielen Leid und habe mal damit angefangen. Ich bin nämlich dunkelhaarig.« Während er sprach, wurde mir bewusst, dass er es war, Giacomo, mein Giacomo! Ich fiel ihm um den Hals und drückt ihn fest; vor lauter Glück musste ich weinen. Plötzlich löste ich mich und rief: »Wie konntest du nur einfach so verschwinden, du gemeiner Kerl!« Und ich stieß ihn weg und rannte in bester Hollywood-Diven-Manier aus dem Geschäft. Kaum war ich draußen in der Kälte, wurde mir klar, dass das keine gute Idee gewesen war, und ich drehte mich auf dem Absatz um und rannte genau gegen das Kinn von Giacomo, der mir nachgelaufen war, hinter uns tänzelten A-Hörnchen und B-Hörnchen fröhlich weiter. Damit er nicht sah, dass ich lachte, ging ich entschlossenen Schrittes zurück ins Geschäft. Tatsächlich wusste ich nicht, ob ich wütend oder glücklich sein sollte. »Warte, Gloria!« »Du bist ein Esel, Giacomo! Du kannst dich nicht einfach in Luft auflösen! Nicht mit mir!« »Doch, genau mit dir«, sagte er und wiederholte: »Genau mit dir«, wobei er mir in die Augen sah. »Aber … aber ich hatte dir noch eine Menge zu erzählen!« »Hm, vielleicht habe ich es nicht mehr ausgehalten, dir zuzuhören«, sagte er mit einem Lächeln. Mir stockte das Herz: Giacomo, mein Giacomo hielt mich nicht mehr aus – und ich hatte es nicht mal bemerkt! Warum nur schaffe ich es immer wieder, mich so in den Menschen zu täuschen? Noch bevor ich antworten konnte, wurde per Lautsprecher mehrmals etwas durchgegeben, das sich so anhörte wie mein Name. »Gloria, die suchen dich«, sagte Giacomo mit einem traurigen Ausdruck im Gesicht. »Was?« »Du sollst in den zweiten Stock hochgehen.« »Warum?« »Wie soll ich das wissen?« »O Gott!«, rief ich aus und schlug mir mit der Hand auf den Mund. »Tante Nora!« »Du bist mit deiner Tante hier?«, fragte er verwundert. Ich erwiderte nur: »Wie zum Teufel komme ich jetzt da hoch?« »Auf ziemlich ungewöhnliche Weise: über die Treppe. Weißt du, hier in Amerika ist alles anders«, sagte Giacomo mit seinem typischen Lächeln, das er immer dann aufsetzt, wenn er mich zum Narren hält. Es war nicht auszuhalten: Jedes noch so kleine Detail an ihm erkannte ich wieder, um mir dann zu sagen, dass ich ihn vielleicht nie richtig gekannt habe. Verwirrt stürzte ich mich in die Richtung, die Jack mir gezeigt hatte: Auf der zweiten Etage schaute ein menschliches Hinterteil aus einem riesigen Plastik-Lindwurm hervor, der für die kleinen Besucher als Tunnel aufgestellt worden war. Aus dem Inneren des Drachens erklang Tante Noras Stimme: »Hilfe! Hilfe! Holt mich hier raus!!« »Tante Nora, bleib ruhig, ich bin ja hier, wir holen dich gleich raus.« Aber Tante Nora war hoffnungslos eingeklemmt. Die Kinder, die um den Lindwurm herumstanden, lachten, als hätten sie noch nie etwas Komischeres gesehen, während die Angestellten versuchten, Tante Nora zu befreien, ohne den wertvollen Wurm zu beschädigen. »Ich bekomme keine Luft mehr! Holt mich raus!«, schrie Tante Nora. Nach einem lebhaften Wortgefecht mit einem leitenden Angestellten des Geschäfts schnappte Giacomo eine Schere vom Verpackungstisch und ging entschlossen auf den Lindwurm zu. Ein kleiner Junge mit Brille hatte inzwischen begonnen, die Filmmelodie von Indiana Jones zu singen, und die anderen Kinder fielen sofort in den Gesang ein. Schon bei den ersten Schnitten fiel der Lindwurm in sich zusammen, und Tante Nora erhob sich keuchend und mit blau angelaufenem Gesicht, die Hand aufs Herz gepresst. »Dengiu, dengiu«, sagte sie in einem fort in bestem Makkaroni-Englisch. »Tante Nora, erkennen Sie mich nicht? Ich bin's, Giacomo!« Tante Nora fiel ihm um den Hals und rief weiter: »Dengiu!« Während ich hinausging, um ein Taxi anzuhalten, schleppte Giacomo Tante Nora zur Tür; dann verfrachtete er sie in den Wagen, und schon fuhr der Taxifahrer, ein Inder mit Turban, wie ein Blitz davon. Giacomo blieb mit fuchtelnden Armen vor FAO Schwarz zurück, hinter ihm ein riesiges B-Hörnchen, das ihn nachzuäffen schien.

Mittwoch, 27. Dezember

Tante Nora hat sich bestens erholt, mehr noch: Während wir am Times Square in der Schlange standen, um Tickets für ein Musical zu besorgen, fiel ihr in den unmöglichsten Momenten der Zwischenfall bei FAO Schwarz, ein und sie brach in lautes Gelächter aus. Ich dachte nur an Giacomo, an das, was er gesagt hatte, und mir war gar nicht zum Lachen zumute. Irgendetwas stimmte nicht. Es war einfach nicht möglich, dass ich mich so gründlich in ihm getäuscht hatte, nein, das konnte nicht sein. Neben mir krümmte Tante Nora sich vor Lachen. »Italia, schönes Land!« rief hinter uns ein Herr um die sechzig mit einer lächerlichen Fellmütze auf dem Kopf. Er sah aus wie ein riesiges Nagetier, das seinen Vorrat an Eicheln in der knorrigen Nase versteckt. Tante Nora sah ihn an und lachte ihm ins Gesicht – ich weiß nicht, wie man sie stoppen kann, Amerika wirkt auf sie wie Dope. Der Herr war aber überhaupt nicht beleidigt, im Gegenteil, er legte noch ein Schäufelchen nach: »Italia, schön Frauen, die lacht, schön Land, viva Duce.« Bei ›Viva Duce‹ sah Tante Nora ihn verblüfft an, aber er reichte ihr seine Hand, als ob nichts wäre: »Carmine Quintavalle, nice to meet you.« »Nora Gentile«, antwortete Tante Nora, um dann hinzuzufügen: »Italiener?« »Mein Papà«, sagte er triumphierend. »Abruso, Pescasseroli.« »Uh, aus Pescasseroli in den Abruzzen, aus dem Geburtsort von Benedetto Croce!«, trillerte Tante Nora, und Carmine rief: »Benedetto! Benedetto dein Name!« Das war nicht unbedingt die Wendung, die ich mir für unsere Ferien gewünscht hatte.

Carmine nötigte uns quasi, Karten für das Phantom der Oper zu kaufen, da es praktisch unmöglich sei, sie zu ermäßigten Preisen zu bekommen. Hätte er die Vorstellung mit uns besucht, wir wären ihm am Ende um den Hals gefallen, das Musical war einfach umwerfend! Wir verstanden zwar kein Wort, aber wir kannten die Geschichte so ungefähr, und wir genossen jede einzelne Szene und jedes Lied. Als wir rausgingen, war ich so überdreht, dass ich anfing vor mich hin zu reden: »Das kann einfach nicht sein! Das gibt es nicht! Das muss er mir erklären!« »Was redest du denn da?!?« »Nichts, Tante Nora, ich habe an Giacomo gedacht. Ich muss unbedingt herausfinden, wo er steckt, ich muss mit ihm reden, ich weiß zwar nicht, wo ich ihn suchen soll, aber ich hab das Gefühl, dass ich ihn heute Abend treffe!« »Versuch doch, ihn anzurufen«, sagte Tante Nora mit Engelsmiene und begann, in ihrer Brieftasche zu kramen. »Da ist es ja!«, rief sie triumphierend und reichte mir eine Visitenkarte, während ein anderes Kärtchen zu Boden segelte. »Tante Nora … , wann hat er dir das gegeben?«

»Gestern, als er mich zum Ausgang des Spielwarengeschäfts begleitete. Was für eine peinliche Geschichte!«, und sie unterdrückte mit Mühe ein Lachen. »Ich dachte, er hätte dir auch eins gegeben!« »Nein, aber das macht nichts. Du bist die Größte, Tante. Hier, das ist dir runter gefallen.« »Oh, danke!« sagte sie, und nahm es schnell an sich, ganz rot im Gesicht. Ich schaffte es gerade noch, »...ntavalle« zu lesen, und schon hatte sie die Visitenkarte ganz tief unten in ihre Tasche gesteckt.

Donnerstag, 28. Dezember

Ich habe den ganzen Vormittag versucht, Giacomo anzurufen. Es war dauernd besetzt. Als ich die Hoffnung bereits aufgegeben hatte, war die Leitung endlich frei. Er war dran. »Ciao, Giacomo, ich bin's, Gloria, hör mal ... », fing ich an. Dann sprudelte alles auf einmal hinaus: »Ich muss dich unbedingt sehen, sag nicht nein, bitte, bitte!« »Hast du schon gegessen?« »Nein.« »Gut, dann lade ich dich und Tante Nora zum Essen ein. Sag mir, wo ihr seid, und ich hole euch ab.« Ich nannte ihm die Adresse unseres Hotels, und dann legte ich auf. Ich fühle mich ganz eigenartig. Giacomo ist so wie früher, aber doch so anders. Ich bin total konfus, und in meinem Bauch habe ich ein komisches Gefühl. Giacomo war bisher die einzige Person, bei der ich mich nie gefragt habe, wie ich mich verhalten soll, aber jetzt schaffe ich es nicht mal mehr, ein normales Telefongespräch mit ihm zu führen. Und dann wollte ich eigentlich unter vier Augen mit ihm sprechen, ohne Tante Nora! Aber ich kann sie natürlich nicht allein lassen: Immerhin sind es ihre Ferien. Ich höre sie im Badezimmer lachen. Kann ihr bitte mal jemand das Gegengift verabreichen?

Wir sitzen an einem Ecktisch, gleich beim Fenster. Um uns herum stehen etliche Pflanzen – es sieht eher aus wie im Dschungel und nicht wie im Restaurant, aber offensichtlich stört sich hier niemand daran, wenn ein Ficus-Blatt in die Suppe herabhängt. Tante Nora ist nicht mitgekommen: Sie sagte, sie sei müde und wolle sich ein wenig ausruhen. Als sie meinen besorgten Blick bemerkte, seufzte sie tief und gestand: »Signor Quintavalle hat heute Morgen angerufen, während du noch selig schliefst, und er will heute Nachmittag mit mir zu dem Filmstudio fahren, wo *Influenza d'amore* gedreht wird, so dass ich die Schauspieler sehen kann, wenn sie herauskommen. Ich war verblüfft: Nicht nur, weil meine sonst so reservierte Tante mit einem Fremden ausgeht, sondern weil sie auch noch imstande ist, sein Kauderwelsch zu verstehen! Das schuldbewusste Gesicht Tante Noras ließ mich meine Verwunderung hinunterschlucken: »Das ist ja herrlich, Tante Nora! Carmine ist wirklich sehr nett!« Tante Noras Augen leuchteten auf: »Du nimmst es mir also nicht übel!« Ich umarmte sie und ging hinunter, um in der Halle auf Giacomo zu warten. Und nun sitzen wir hier einander gegenüber. Ich habe mich immer noch nicht an seine schwarzen Haare gewöhnt, er sieht so anders aus. Aber sie stehen ihm gut, und wie gut! Warum erscheint er mir jetzt, da ich ihn verloren habe, auf einmal so interessant? Ich bin richtig wehmütig! Er sieht mich an, und in meinem Bauch kribbelt es. Das darf doch nicht wahr sein! »Also, was ist geschehen, seit ich weg bin?«, fragt er, um das Eis zu brechen. »Och, nichts ... Ich wurde gefeuert, weil ich für dich Partei ergriffen habe, ich schreibe ein Buch, ich habe fünfzig Millionen Lire verdient und mit Giulio Schluss gemacht. Nichts Besonderes also.« Giacomo ist völlig verblüfft. »Man kann dich aber auch keine Minute allein lassen!«, ruft er mit strahlendem Gesicht. Nun kann ich mich nicht mehr beherrschen: »Aber du hast mich vergessen, so wie man einen nutzlosen Werbeprospekt vergisst! Du bist verschwunden, ohne auch nur ein Wort zu sagen, nachdem du die ganze Zeit so getan hattest, als seist du mein Freund! Wo warst du, als mein ganzes Leben auf dem Kopf stand? Du hast dich in Nichts aufgelöst, während ich mir die größten Sorgen machte, und, auch wenn's dich nicht interessiert: Du hast mir sehr gefehlt!« »Auch du hast mir gefehlt, Gloria.« »Und warum bist du dann einfach abgehauen?«, schluchze ich, während mir zwei Bächlein über die Wangen laufen. »Nicht mal zu Weihnachten hast du dich gemeldet!« Er seufzt tief, fährt sich mit der Hand durch die schwarzen Haare, die ihm unverschämt gut stehen, und murmelt dann: »Ich habe sehr lange durchgehalten, Gloria. Aber am Schluss musste ich gehen, weil ich es einfach nicht mehr aushielt.« »Mir zuzuhören? Das hast du mir schon gesagt, danke.« »Dich jeden Tag zu sehen, dich zu lieben, wie ich nie geglaubt hätte, dass es überhaupt möglich sei, während du dich schier verzehrt hast für diesen unerträglichen Gockel, der nicht einmal eine Sekunde deiner Aufmerksamkeit verdient. Es tat weh, dich seinetwegen leiden zu sehen und zu hören, wie sehr du in ihn verliebt warst! Irgendwann habe ich es einfach nicht mehr geschafft. Und als ich gefeuert wurde, da habe ich beschlossen, mit allem und allen zu brechen, auch mit dir.« Nun bin ich es, die verblüfft ist. »Aber … aber du hast mir nie etwas gesagt!« »Ich hatte Angst, dich auch noch als Freundin zu verlieren!« »Na, da hast du dich aber geirrt, Freundin hin, Freundin her, ohne dich kann ich nicht sein«, sage ich vollkommen kopflos. »Ich auch nicht, Gloria, Herr im Himmel, ich auch nicht!« Und er springt auf, reißt eine Palme um und küsst mich.

Freitag, 29. Dezember

Ist es denn möglich, dass ich die ganze Zeit in ihn verliebt war, ohne es zu merken? Es muss möglich sein, anders lässt sich nicht erklären, wie ich mich jetzt fühle: verrückt vor Glück. Und mit seinen schwarzen Haaren sieht er gar nicht wie der alte Giacomo aus, sondern wie ein neuer, einer, der mir unendlich gut gefällt! Tante Nora verströmt aus allen Poren Zufriedenheit und Freude, sie hat mir gestanden, dass sie es sofort gemerkt hat, aber nicht eingreifen wollte. »Seit Monaten schon schwärme ich von dir«, sagt sie mit einem strahlenden Lächeln zu Giacomo. Worauf er mir ins Ohr flüstert: »Die 273 Dollar für den Lindwurm haben sich mehr als gelohnt!« Jack und ich sind wie zwei siamesische Zwillinge: Seit gestern Mittag kleben wir aneinander! Nach dem Essen nahm mich Giacomo in die Wohnung seines Freundes mit, der, ebenfalls Art Director, zur Zeit auf Urlaub ist und ihm seine Wohnung zur Verfügung gestellt hat. Wir wollten nur sprechen, erzählen, was in der langen Zeit alles geschehen war – was wir auch taten, in den Pausen … Ich nahm alles wie durch einen Schleier wahr, denn mit Giacomo zu schlafen ist ein so überwältigendes Erlebnis, dass ich nicht mehr klar denken kann, ich treibe irgendwo im Nirwana! Ich wusste nicht, dass es so schön sein kann, ich hätte es nie für möglich gehalten. Anfangs waren wir etwas befangen, aber dann … Mit jemandem zu schlafen, den man liebt, ihm zu vertrauen, ihn kennen zu lernen, ihn zu entdecken – und dann reden reden reden, um schließlich wieder von vorne zu beginnen: Das ist das Paradies! Und ich bin glücklich und völlig durcheinander. Giacomo will eine eigene Werbeagentur aufmachen, gemeinsam mit seinem Freund, in dessen Wohnung wir jetzt sind und der bereits eine Agentur in Amerika hat. Zur Zeit hilft er ihm hier in New York aus, aber er wird bald nach Italien zurückkehren – er hat bereits Kontakt aufgenommen, um ein Büro zu mieten! »Möchtest du bei mir arbeiten?«, fragte er mich unvermittelt, nach einem unendlich langen Kuss. »Als deine ganz spezielle Sekretärin?« »Nein, als Texterin. Du weißt doch, dass Copy und Art unzertrennlich sein müssen …« »Wie du und Olivia?« »Hm, quasi«, sagte er und wir prusteten beide los. Dann nahm er mich in den Arm und küsste mich wieder. Ob es an New York liegt? Auf jeden Fall hat mich noch nie ein Kuss so glücklich gemacht.

Samstag, 30. Dezember

Tante Nora und Carmine Quintavalle sind unzertrennlich. Ich weiß nicht, wie sie miteinander sprechen, aber sie verstehen sich ausgezeichnet – so gut, dass er darauf besteht, dass wir alle Silvester gemeinsam mit ihm und seiner Familie in New Jersey feiern. Laut Tante Nora hat Carmine eine wunderbare Frau, vier erwachsene Kinder und sieben Enkelkinder, und sie feiern Silvester immer gemeinsam, wie es sich für eine klassische italienische Familie gehört. Ich wusste nicht, wie ich Tante Nora beibringen sollte, dass ich absolut keine Lust auf eine Familienfeier hatte, da kam Carmine mir zu Hilfe: »Du gehst mit boy-friend fare amore, und wir ciao.« Dann zwinkerte er mir zu und meinte: »When the moon hits your eyes like a big pizza pie, THAT'S AMOREEE!« Er sieht zwar nicht aus wie Dean Martin, eher wie Walter Matthau, aber er hat ein mitreißendes Lachen, und Tante Nora scheint in seiner Gegenwart zehn Jahre jünger zu sein.

Sonntag, 31. Dezember

Heute Abend essen wir zu zweit bei Giacomo zu Hause, um Mitternacht gehen wir zum Times Square. Und dieses Silvester habe ich einen Mann, den ich küssen kann. Der dunkelhaarige Mann aus den Karten. Mein bester Freund. Mein wunderbarer Küsser. Mein Schatz. Der Mensch, mit dem ich zu zweit Single sein kann. Der wunderbarste Mann der Welt. Mein Mann.